Nimm meine Frau …
… ich sehe Euch zu!

Allegra Deville

Das Titelbild steht in keinem Zusammenhang mit dem Inhalt des Buches.

4. Auflage 2007

Schäferweg 14, 24941 Flensburg

E-Mail: info@stephenson.de
Internet: www.stephenson.de
Druck: Nørhaven Paperback A/S, DK-8800 Viborg
Printed in Denmark

ISBN 978-3-7986-0177-2
0140082 0000 • 112 Seiten

Nimm meine Frau …
… ich sehe Euch zu!

Allegra Deville

ORION-Verlag • Flensburg

Inhaltsverzeichnis

Das Versprechen 7
Der Dritte im Bunde 15
25 Zentimeter … 21
Premiere zu dritt 29
Naturheilmittel gegen Impotenz 37
Ich bin ein Voyeur! 43
Ein „unmoralisches Angebot“ 49
Erotische Reitstunden 57
Lieber bi als nie … 63
Lady Nimmersatt 69
Das Geständnis 75
Italian Stallion 77
Mehr, mehr, mehr! 83
Der besondere Kick 89
Ein reizvolles Spiel 95
Zeig ihm, was du hast! 101
Verrückt nach diesem Blick 109

Das Versprechen

Sandra versuchte mich schon seit längerem dazu zu überreden, daß wir uns ein Haus außerhalb der Stadt kauften. Derzeit lebten wir mitten in Bremen, weil es von dort näher zu meiner Arbeitsstelle war. Eines Abends, als ich von einer Squashpartie mit meinem Freund Frank zurückkam, hat mich Sandra dann mit „unfairen Mitteln“ zum Hauskauf überredet …

Als ich zu Hause ankam, ging ich erst einmal in die Küche, um mir etwas zu trinken zu holen. Nach dem Squashen hatte ich immer riesigen Durst. Als ich mit einem großen Glas Apfelschorle in der Hand ins Wohnzimmer kam, traf mich fast der Schlag – allerdings im positiven Sinne:

Sandra stand dort in lasziver Pose ans Sofa gelehnt; sie trug ein hauzartes, äußerst sexy wirkendes kleines Nichts aus durchsichtigem Material, das ich vorher nicht nie an ihr gesehen hatte. Unter dem feinen Stoff schimmerte ihr makelloser Körper hindurch, und sie lächelte mich auffordernd an. Ich konnte sehen, daß sie ihre Scham rasiert hatte, denn dort, wo sonst ein dunkles Dreieck war, blitzte nun nichts als blanke Haut. Ihre Finger spielten durch den Stoff mit ihren erigierten Brustwarzen, und in meiner Jeans wurde es schlagartig eng. Diese Frau war ein echtes erotisches „Biest“, ein verführerisches „Sexmonster“, eine bezaubernde „Hexe“, aber genau das war es ja, was ich an ihr so sehr liebte und womit sie mich immer wieder so sehr reizen konnte; und das wußte sie genau!

„Setz dich, ich will dir einen Vorschlag machen", sagte sie plötzlich und stoppte ihre zärtlichen Streicheleien. Zu gerne hätte ich ihr noch länger dabei zugesehen oder hätte sie noch lieber jetzt berührt, wäre mit den Händen über ihren Body geglitten, hätte sie weiter erregt und vielleicht sogar zum Höhepunkt gebracht, doch ich durfte nicht. Zunächst wollte sie mir anscheinend etwas Wichtiges sagen.

„Ich weiß schon lange, daß du dir ab und zu im Internet Erotik-Webseiten ansiehst. Aber ich habe mich nie darüber beschwert oder dir eine Szene gemacht, so wie es andere Frauen wohl getan hätten. Ich weiß, daß du das magst, und ich weiß auch, was dir daran am besten gefällt: Die Szenen, in denen ein Mann seiner Frau beim Sex mit einem anderen zusieht, stimmt's? Aber stellst du dir auch manchmal vor, wie es wäre, wenn ICH es mit einem anderen Mann täte, wenn ICH es vor deinen Augen mit einem anderen triebe? Bist du so ein 'Perverser', der sich daran aufgeilt?"

Ich schluckte und überlegte fieberhaft, ob ich es leugnen sollte. Aber warum eigentlich? Es stimmte ja, diese erotischen Internet-Seiten machten mich an. Der Gedanke, der eigenen Frau beim Sex mit einem Fremden zuzusehen, machte mich wirklich geil! Etwas beschämt senkte ich den Kopf und sagte:

„Ja, das ist wahr, ich mag diese Phantasien." Dann sah ich Sandra an:

„Aber ich liebe dich sehr und bin sehr stolz darauf, daß du meine Frau bist. Du hast einen wunderschönen sexy Körper, der mich immer wieder total anmacht – auch jetzt! –, und ich mag es, wenn wir gemeinsam ausgehen und die anderen Männer dich bewundernd ansehen und mich beneiden!

Sandra lächelte wissend.

„Und wie steht's mit der Vorstellung, daß ich es wirklich mit einem anderen Mann treibe?" beharrte sie auf ihrer anfänglichen Frage. „Würde dich das anmachen? Möchtest du uns dabei zusehen?"

Was konnte ich anderes tun als leugnen?

„Nein natürlich nicht! Mich heizt zwar diese Phantasie auf, aber dich tatsächlich beim F…, ähm, also *dabei* zu sehen, das könnte ich mir in der Realität nicht vorstellen, glaube ich. Das würde ich nicht aushalten!"

Sandra verzog ironisch die Mundwinkel.

„Du kleiner Lügner, von wegen aushalten! Nicht aushalten vor Erregung wahrscheinlich! Natürlich würde dich das anmachen, denn davon träumst du schon lange, gib's zu! Und wenn ich es täte, wenn ich dir den Wunsch erfüllte, würdest du uns dann das Haus außerhalb der Stadt kaufen?"

Ich konnte nicht fassen, was sie da sagte! Aber sofort in dem Moment, als die unfaßbaren Worte an mein Ohr drangen, spürte ich einen großen Schwall Geilheit zwischen meine Beine schießen. Die Beule in meiner Hose war nun nicht mehr zu übersehen, und Sandra bemerkte das sofort. Sie grinste, machte einen großen Schritt auf mich zu, und dann spürte ich sie endlich, fiel über sie her wie ein Verhungernder, leckte, schmeckte, roch und spürte diese Wahnsinnsfrau!

Meine Hände schoben sich ungeduldig unter den zarten Stoff ihrer Dessous. Ich konnte mich kaum noch beherrschen vor unbändiger Lust – dieses Gespräch hatte mich unsagbar angemacht! In meiner Phantasie spielten sich Szenen ab, die mich erregten: Sandra unter einem andern Mann, der sie wild und hemmungslos …

„Versprich es mir, würdest du uns dann das Haus kaufen?“ keuchte sie mir entgegen.

Was konnte ich anderes tun, als es ihr zu versprechen?

Es war ein unvergeßlicher Abend, an dem wir uns in den schärfsten Stellungen liebten. Die Krönung des Ganzen aber war, als Sandra mich plötzlich mittendrin aufforderte:

„Erzähl mir von deinen perversen Phantasien, beschreib mir, wie es ist, wenn du mir dabei zusiehst, wie ich mich einem anderen Mann hingebe!“

Meine Explosion war kraftvoll wie ein Vulkan, ich wurde geradezu in eine andere Welt geschleudert! Wie unendlich geil wäre es erst, wenn diese schmutzigen Phantasien wahr würden? Noch ahnte ich nicht, daß Sandra sich bereits jemanden dazu ausgesucht hatte …

Etwa zwei Wochen später hatte sie abends ein paar Leute aus ihrer Firma zu uns eingeladen. Die Party verlief feuchtfröhlich, es wurde viel gelacht, und so hatte auch ich Gelegenheit, endlich mal ihre Kollegen kennenzulernen.

Gegen drei Uhr waren fast alle gegangen, bis auf Michael, ein Kollege aus einer anderen Abteilung, der erst vor kurzem in der Firma angefangen hatte. Er bot uns an, noch ein wenig beim Aufräumen des Chaos zu helfen.

Ich hatte gerade im Wohnzimmer die Gläser zusammengeräumt und kam in die Küche, um ein Tablett zu holen. Dort standen sie, Sandra gegen die Spüle gelehnt und Michael direkt vor ihr, sie leidenschaftlich küssend. Sandra hatte die Augen geschlossen und genoß seine Zärtlichkeiten ganz offensichtlich; ihre Körper preßten sich fest aneinander. Ich stand in der Tür und starrte die beiden an, geschockt und gleichzeitig erregt.

Sandra löste sich nach einer Weile von Mike und lächelte mich an. Dann kam sie auf mich zu und sagte mit aufreizendem Unterton in der Stimme:

„Na, gefällt dir das, mein kleiner, perverser Liebling? Macht dich das an?"

Sie streckte die Hand aus und strich über meine Hose, genau an der Stelle, an der meine Lust unübersehbar war.

Ich war sprachlos vor Geilheit.

Michael trat jetzt hinter sie und öffnete den Reißverschluß ihres Kleides. Es rutschte von ihren Schultern, und er umfaßte von hinten ihre Brüste. Langsam schob er seine Hände in ihren BH, und ich stand da und starrte auf diese Szene, von der ich so oft geträumt hatte. Als ich sah, daß er ihre Brustwarzen zwirbelte, überkam mich die Lust mit solcher Macht, daß meine Beine zu versagen drohten.

Sandra legte genießerisch den Kopf in den Nacken und ließ sich von Michael von hinten streicheln, während ich nun wie in Trance auf sie zutrat und meine Hände über ihre Schenkel kreisen ließ. Ich sah, wie sie leicht in den Knien federte und ihre Beine spreizte. Mit einem Finger schob ich den winzigen Spitzenslip zur Seite.

Mit einem leichten Schnappen öffnete Michael Sandras BH, und ihre schweren, prallen Brüste lagen nun frei. Seine Hände schoben sich von hinten über sie und kneteten die Massen. Sandra stöhnte, und ich intensivierte von vorne meine Zärtlichkeiten, kniete vor ihr nieder und …

Sandra zerfloß geradezu vor Lust. Sie war immer eine leidenschaftliche Geliebte gewesen, aber das, was in dieser Nacht geschah, hatte ich bei ihr noch niemals erlebt! Die obszönsten Worte kamen aus ihrem Mund, sie stöhnte und schrie, wand sich unter unseren Händen und Zungen und wollte schließlich nichts lieber, als sich uns beiden gleichzeitig hinzugeben, uns gemeinsam zu fühlen. Allein bei der Vorstellung drohte meine Lust zu explodieren, und auch ich war wie in einem Rausch!

Irgendwie schafften wir es dann gemeinsam, Sandra zum Küchentisch zu dirigieren. Nachdem wir den leeren Brotkorb und diverse andere Deko-Sachen, die dort standen, einfach heruntergefegt hatten, legte Michael sich ausgestreckt unter sie und plazierte sie auf sich, und ich stellte mich hinter diese absolute Prachtfrau, die sich in diesem Moment geradewegs auf dem Weg in den siebenten Orgasmus-Himmel befand. Als es schließlich soweit war, stimmten Michael und ich unsere Bewegungen völlig problemlos aufeinander ab, so als ob wir bereits ein eingespieltes Team wären.

Sandra erlebte – zwischen uns eingeklemmt – die ersten Orgasmenketten dieser Nacht. Sie war in einem totalen Schwebezustand, denn von diesen überaus befriedigenden Mehrfachorgasmen hatte sie bisher nur geträumt – und nun wurden sie wahr!

Später wechselten wir dann ins Wohnzimmer, und ich genoß es zu sehen, wie meine Frau sich Mike willig hingab, während sie auf allen vieren vor mir kniete. Niemals werde ich diesen unsagbar geilen Ausdruck in ihren Augen vergessen!

Versprechen muß man einlösen, und so bezogen wir drei Monate später unser neues Haus, in dem Michael übrigens auch heute noch ein gern gesehener (und gefühlter!) Gast ist …

Der Dritte im Bunde

Ich rief mir diese Szene immer wieder ins Gedächtnis zurück: Wie die Frau da im Waschraum stand, auf das Waschbecken gestützt, den Po weit herausgestreckt, und der Mann hinter ihr; er hatte ihr den Rock bis zu den Hüften hochgeschoben und den Slip einfach beiseite gerückt. Sie hob instinktiv den Kopf und konnte im Spiegel sehen, daß hinter ihnen in der Tür mehrere grinsende Männer standen und ihnen bei ihrem scharfen Treiben zusahen …

Es war irre lange her, daß ich diesen Erotik-Film gesehen hatte. Ich war damals gerade erst 18 gewesen und hatte mich in den älteren Bruder meiner besten Freundin verliebt. Er hatte mich irgendwann in den Partykeller gelockt, um mir angeblich ein tolles Abenteuer-Video zu zeigen – als ich endlich schnallte, daß es ein erotischer Film war, lief die Action bereits auf vollen Touren. Ich flüchtete, aber diese eine Szene blieb mir für immer im Gedächtnis. Noch heute, rund 15 Jahre später, ist dies eine meiner geheimsten Sex-Phantasien; ich denke oft daran, wenn ich auf dem Bett liege und mich selbst verwöhne …

Seit einigen Jahren bin ich nun mit Frank zusammen, und es ist eine tolle Beziehung. Wir haben viel Spaß miteinander – in jeder Hinsicht! Mein intimes Geheimnis allerdings hatte ich bisher für mich behalten; auch wenn es mich ungemein erregte, mir vorzustellen, es mit einem anderen Mann zu tun, verwirklichte ich diese frivole Phantasie nicht. Ich hätte es als fatale Untreue angesehen, Frank mit einem anderen Mann zu hintergehen. Dann aber kam jeder Samstag vor zwei Wochen, an dem sich alles ändern sollte.

Wir waren rausgefahren ins Grüne. Es war ein herrlicher Sommertag, und nachdem wir lange durch den Wald spaziert waren, legten wir uns auf einer Lichtung ins Gras. Frank begann zärtlich an mir herumzuspielen, reizte durch den Stoff meines T-Shirts hindurch meine Brustwarzen, zupfte an ihnen und knetete meine Brüste. Dann wanderten seine Hände weiter hinunter über meinen Bauch bis zu meinem Unterleib, wo er mich sanft zu massieren begann.

Ich hatte Lust auf ihn! Er wußte ganz genau, daß er mich auf diese Art und Weise unheimlich wild machte! Ich zog mir das Oberteil über den Kopf, rollte mich herum und saß im nächsten Moment auch schon auf ihm. Wir nannten das die „Paradiesstellung“, den so brauchte er nur noch den Mund zu öffnen, und meine leckeren „Äpfel“ hingen ihm in den Mund hinein, genau wie im Paradies! Und Frank widmete sich diesen paradiesischen Köstlichkeiten mit einer Intensität, die mir Lustblitze durch den Unterleib jagte …

Ich war schon fast weggetreten im ekstatischen Rausch, da sah ich ihn. Er hockte schräg vor uns im Gebüsch und beobachtete uns. Als mein Gehirn verarbeitet hatte, was ich da sah, schoß mir sofort eine enorme Lustwelle mitten ins Zentrum meiner Geilheit. Zu wissen, daß uns dieser fremde Mann dabei zusah, wie wir uns hier mitten auf der Lichtung liebten, machte mich völlig verrückt! Ich spürte bereits, wie sich die ersten orgasmischen Wellen in meinem Innersten zusammenbrauten, da riß ich mich gerade noch zurück. Ich beugte mich zu Frank hinab und flüsterte:

„Uns schaut jemand dabei zu. Sieh nicht gleich hin, er sitzt ein Stück vor mit im Gebüsch und geilt sich an unserem heißen Treiben auf!"

Frank zog mich zärtlich an sich, und ich konnte spüren, wie seine Erregung schlagartig noch ein Stück weiter anwuchs.

„Mich macht das total an – dich auch?" hauchte er mir ins Ohr.

„Ja, sehr sogar!" antwortete ich ihm, und dann war er auch schon wieder dabei, mich mit Händen und Zunge zum Gipfel der Lust zu katapultieren. Nachdem ich einmal gekommen war, ließ ich mich neben Frank ins Gras sinken. Er stand auf und sagte laut:

„Ich geh' mal kurz zum Wagen, dauert 'ne Weile." Etwas leiser setzte er hinzu: „Tu dir keinen zwang an, Schatz, laß deinen Gelüsten einfach freien Lauf!" Dabei grinste er schelmisch, und ich sah, daß seine Lust enorme Ausmaße angenommen hatte.

Als Frank weg war, setzte ich mich auf und schaute genau in Richtung der Büsche, in dem unser heimlicher Beobachter saß. Als er sich ertappt fühlte, erschrak er und wollte flüchten, aber ich rief ihm zu:

„Hat dir das gefallen, was du gesehen hast? Komm her, willst du auch mal? Bedien dich ruhig!" Ich erkannte mich selbst nicht wieder bei dieser obszönen Aufforderung! Aber Frank hatte mich so erregt, daß ich nun noch mehr wollte – und zwar auf ganz besondere Art!

Der Fremde stutzte, dann lachte er mich an und kam mit schnellen Schritten zu mir rüber. Jetzt sah ich, daß sehr groß und wirklich gut gebaut war. Sein Aussehen gefiel mir.

Ohne ein Wort zu sagen, zog er mich an sich und küßte mich. Seine Zärtlichkeiten waren fordernd, denn das erotische Schauspiel, das Frank und ich ihm vorher geboten hatten, hatte auch ihn ganz offensichtlich erregt.

Mit ungezügelter Leidenschaft warf er mich nach hinten und legte sich auf mich. Er züngelte an meinem Hals hinab, bis er an meinem Busen angelangt war. In mir explodierte ein Feuerwerk, so sehr machte mich die Tatsache an, daß gleich einer meiner heißesten Erotik-Träume wahr werden würde! Irgendwie schafften wir es gemeinsam, ihn aus seiner Hose zu schälen, denn wir konnten nicht länger warten. Ich mußte ihn spüren, wollte endlich wissen, wie das ist, mit einem anderen Mann zu schlafen, während mir der eigene dabei zusah!

Frank hatte sich uns langsam genähert und stand jetzt direkt hinter meinem unbekannten Lover. Während dieser sich wild und leidenschaftlich über mir bewegte, berauschte ich mich daran, daß Frank uns beobachtete. Pure Geilheit war in seinem Blick zu lesen, und damit steckte er auch mich an. Natürlich erregte mich auch der Mann, mit dem ich schlief, aber vor allem war es die absolut frivole, ja perverse Situation, die mich so unglaublich anmachte.

Frank kam um uns herum und stellte sich nun hinter mich; der Fremde hatte ihn inzwischen gesehen und gemerkt, daß auch Frank das sehr gefiel, was er da gerade mit mir tat. Als Frank nun mit heruntergezogener Hose direkt über meinem Kopf niederkniete, hatte ich die Möglichkeit, auch seine Erregung direkt zu spüren – es war phantastisch, und der Höhepunkt überkam mich in einer riesigen Welle, die mich vor Lust schreien ließ! Auch meine beiden Lover waren rundum glücklich und zufrieden.

Endlich erfuhr ich, mit wem ich es da gerade so hemmungslos getrieben hatte. Unser Dritter im Bunde heißt Arne, und seitdem wir ihn vor zwei Wochen im Wald kennengelernt haben, genießen wir dieses Spiel öfter!

25 Zentimeter …

Die Sonne streichelte meinen Körper, wärmte mich und erzeugte dieses wohlige Gefühl von Freiheit in mir. Ich streckte die Hände zu beiden Seiten aus und ließ den warmen Sand durch die Finger rieseln, während ich dem gleichmäßigen Rauschen der Wellen lauschte.

Vier Wochen Urlaub auf Barbados! Vier Wochen in einem traumhaften Privatbungalow samt Personal, Sonne, Wasser, freundlichen Menschen und Reggae-Rhythmen! Ich war rundum glücklich und lächelte vor mich hin, während ich mich jetzt aufgesetzt hatte und hinaus aufs Meer schaute. Frank, mein Mann, hatte sich ein Boot samt Skipper gemietet und war zum Angeln hinausgefahren. Er würde wohl in rund zwei Stunden, kurz bevor es dunkel wurde, zurück sein. Ich legte mich wieder auf mein Handtuch und dachte an den vergangenen Abend zurück …

Wir waren nach dem Essen noch ein wenig in der Stadt herumgeschlendert und an einen Marktplatz gekommen, auf dem es nur so wimmelte von tanzenden, fröhlichen Menschen. Von überall her erklang Reggaemusik, jeder ließ sich von den Rhythmen mitreißen, und auch wir begannen zu tanzen. Die Luft war samtweich und warm, und nach einer Weile steuerten wir den nächsten Freiluft-Bartresen an, denn wir hatten Durst bekommen. Hinter dem Tresen stand ein gutgebauter, großgewachsener, junger Mann und lächelte uns an. Zwei Reihen blitzend weißer Zähne strahlten uns aus seinem freundlichen, dunkelhäutigen Gesicht entgegen, und schon standen zwei große Gläser mit „Kuba-Libre“, dem Nationalgetränk auf Barbados, vor uns.

Er hieß Roberto, war erst 21 Jahre alt und ein Bild von einem Mann! Er trug nur eine Shorts und ein dünnes T-Shirt, und die Muskeln seiner Arme und Beine ließen erahnen, wie der Rest seines makellosen Körpers aussah! Frank und er kamen ins Gespräch, und Roberto erzählte uns, daß er ein Boot habe, das er tagsüber für Tauchtouren vermiete. Sofort buchte Frank ihn für den nächsten Tag, und den Rest des Abends verbrachten wir abwechselnd auf der Tanzfläche und am Tresen.

Irgendwann tanzte ich mit Roberto. Fasziniert schaute ich auf diesen bildschönen schwarzen Body, dem das Rhythmusgefühl ganz einfach im Blut zu liegen schien. Diese weichen Bewegungen, diese männlich-animalische Ausstrahlung – das war knisterne Erotik pur! Ich war regelrecht atemlos, und das nicht nur vom Tanzen ...!

Als Frank und ich später in unser Hotelzimmer zurückkamen, fiel ich über ihn her wie eine ausgehungerte Katze. Robertos Körper hatte in mir die Lust auf Sex geweckt!

Als Frank und ich erschöpft nebeneinander lagen – der Morgen graute bereits –, schaute er mich plötzlich an und fragte:

„Dir gefällt Roberto, stimmt's? Du kannst es ruhig zugeben, denn ich kann es verstehen. Ich finde ihn auch sehr sympathisch, und außerdem ist er wunderschön! Man fühlt sich ganz einfach zu ihm hingezogen. Schließlich geht das Gerücht um, daß diese einheimischen Jungs mindestens 25 Zentimeter vorweisen können. Wenn das für eine Frau nicht reizvoll ist ...“

Frank ist 18 Jahre älter als ich, 52, doch das hat mir noch nie etwas ausgemacht. Ich liebe ihn. Er ist ein sehr attraktiver Geschäftsmann mit grauen Schläfen, der sehr auf seine Gesundheit und seinen Body achtet und nach dem sich viele Frauen umdrehen. Auch im Bett klappt es bestens, und ich liebe Franks männlich-souveräne Art, mit der er mich verwöhnt und in jeder Hinsicht befriedigt. Um so erstaunter war ich, als er mir in dieser Nacht von einem anderen Mann vorschwärmte. Das paßte gar nicht zu ihm! Wollte er mich testen?

Frank lag nun auf einen Arm gestützt neben mir und strich im Schein des Morgenlichtes über meinen nackten Körper. Noch hatte ich ihm nicht auf seine Frage geantwortet.

„Könntest du dir vorstellen, einmal die Haut eines schwarzen Mannes zu streicheln, sie zu fühlen, zu riechen, zu schmecken? Möchtest du wissen, wie das ist?" Seine Stimme klang gespannt.

Das war es also, das steckte dahinter! In meinem Kopf wirbelten die Gedanken durcheinander, und ich konnte ihm nicht antworten, selbst wenn ich gewollt hätte. Verwirrt schaute ich Frank an, und in meinen Augen muß er die Unsicherheit gesehen haben. Liebevoll küßte er mich und flüsterte dicht neben meinem Ohr:

„Ist schon gut, mein Liebling, du mußt es ja nicht jetzt entscheiden, ich will dich zu nichts drängen. Schlaf jetzt."

Meine stark erigierten Brustwarzen stachen durch den dünnen Stoff des Lakens, und es dauerte noch sehr lange, bis ich endlich erschöpft in einen traumlosen Schlaf fiel …

Das war heute morgen gewesen, doch inzwischen hatte ich den fehlenden Schlaf am Strand nachgeholt. Frank war bereits um sieben aufgestanden und mit Roberto zum Tauchen rausgefahren, ich war noch bis neun im Bett geblieben und hatte mir dann von unserem Hausmädchen ein leichtes Frühstück bringen lassen. Den ganzen Tag lang mußte ich an unser merkwürdiges nächtliches Gespräch denken. Ich stand vom Badetuch auf und ging ins Wasser, um mich abzukühlen.

Kurz darauf kam Frank von seinem Tauchtrip zurück. Er strahlte übers ganze Gesicht, denn seinen Erzählungen nach war es ein unvergeßliches Erlebnis.

„Roberto hat mich in die besten Tauchreviere der Gegend gefahren. Er weiß genau, wo tolle Riffe sind, an denen touristisch nichts los ist und man die farbenprächtigsten Fische trifft. Das war wirklich ein Erlebnis, wir haben sogar eine Moräne gesehen! Ich habe ihn zum Dank dafür bei uns zum Abendessen eingeladen, so gegen halb zehn. Es ist dir doch recht, oder?"

In meinem Magen begann es schlagartig zu kribbeln, und mit wurde ein wenig mulmig zumute. Was war das nur, warum war ich so nervös, wenn's um Roberto ging?

„Ja natürlich, ich werde der Köchin Bescheid sagen, daß wir Besuch erwarten", sagte ich, schnappte mir meine Strandtasche, und wir schlenderten am Wasser entlang zu unserem Bungalow zurück.

Roberto hatte sich während des Essens als sehr angenehmer Unterhalter erwiesen. Ich liebte es, ihm zuzuhören, wenn er uns mit seinem typisch karibischen Akzent Geschichten erzählte und sich freute, wenn wir uns vor Lachen bogen. Es war bereits recht spät, so gegen Mitternacht, als wir uns endlich vom Tisch erhoben, um auf der kleinen Terrasse am Ende unseres Bootssteges noch einen Sherry zu trinken.

Frank entschuldigte sich kurz und verschwand, und Roberto und ich schlenderten über den Steg in Richtung Meer. Hoch oben stand der Vollmond, und unter uns hörten wir das leise Plätschern der Wellen. Es war unglaublich romantisch.

„Sie sind eine wunderschöne Frau, Jana", durchbrach Roberto plötzlich die Stille, und ich spürte, daß ich trotz der warmen Brise eine Gänsehaut bekam. Ich lehnte mich gegen das Geländer, den Rücken zu ihm gedreht, und sah hinaus aufs Meer. Ich konnte ihn jetzt nicht ansehen, denn dann hätte er ganz sicher in meinen Augen erkannt, wie sehr ich mir wünschte, daß er mich berührte!

Roberto stand jetzt ganz dicht hinter mir. Ich konnte spüren, wie er mit seinem Gesicht in mein Haar tauchte und den Duft einsog. Dieser Mann hatte eine so unbeschreiblich erotische Ausstrahlung, daß ich fast verrückt wurde vor Sehnsucht nach seinen Berührungen!

Dann ging alles ganz schnell: Er faßte mich sanft bei den Schultern, drehte mich langsam zu sich herum, und dann trafen sich unsere Lippen ...

Von einer Sekunde zur anderen war ich nichts als pure Geilheit. Noch niemals zuvor hatte ich eine solche Leidenschaft in mir erlebt. Ich brannte vor Begierde! In meinem Inneren breitete sich ein starkes Gefühl aus, das alles andere mühelos verdrängte. Keine Zweifel, kein schlechtes Gewissen, nur noch die grenzenlose Gier nach

Mehr! Mehr von diesem Mann, dessen Körper Gefühle in mir weckte, die ich bisher kaum für möglich gehalten hatte …

Robertos Hände waren jetzt überall, und als ich irgendwann die Augen öffnete, sah ich wie durch einen Schleier hindurch, daß Frank inzwischen zurückgekehrt war. Er stand einige Meter entfernt auf dem Steg und beobachtete unser Treiben mit einem lustvollen Lächeln auf den Lippen. „Mach weiter! Ich will es sehen!“ schien sein Blick mir zu signalisieren.

Die Erkenntnis, daß Frank mir dabei zusehen wollte, wie ich mir einem anderen Mann schlief, mich geradezu dazu aufforderte, pumpte mir einen erneuten Lustschwall durch die Adern. Ich zitterte, stöhnte, wand mich unter Robertos Zunge, seinen Händen. Ich preßte mich an ihn und half ihm mit fahrigen Fingern, die dünnen Träger von meinen gebräunten Schultern zu streifen. Dabei ließ ich den Blick nicht von Franks Augen. Er stand einige Meter hinter Robertos Rücken, und ich konnte ihn direkt ansehen, als mein animalischer Geliebter nun etwas in die Hocke ging und sich mit zärtlichen Lippen meinen Brüsten widmete.

Längst hatte ich seine enorme Größe durch die Hose hindurch gespürt, und blitzschnell schoß mit der Gedanke an die Legende von den 25 Zentimetern durch den Kopf. Ob es tatsächlich stimmte? Ich würde es gleich erfahren …

Ich wußte, auch Frank war gespannt darauf, Roberto nackt zu sehen. Und als er nun langsam sein Hemd auszog und seine Hose öffnete, wußten wir beide, wir würden verzaubert sein von seinem unglaublich ästhetischen Body. Und so war es auch; als er endlich nackt vor mir stand, verschlug es mir den Atem. Diese samtweiche, dunkelbraune Haut, diese stahlharten Muskeln, diese völlig unverbrauchte, jungenhafte Lust auf Sex – als ich ihn so sah, war ich wie in einem Rausch!

Ich setzte mich mit hochgezogenem Rock auf das Holzgeländer des Bootssteges, schob meinen Slip zur Seite und schlang meine Beine um Roberto. Er hielt mich fest, zögerte einen kurzen Moment, sah mich fragend und mit unendlich lustvollem Blick an, und dann spürte ich ihn endlich! Kraftvoll und animalisch, zärtlich und doch fordernd, wild und gleichzeitig unendlich sanft. Er hatte wohl Angst, mir mit seiner Größe weh zu tun, und so hielt er sich anfangs noch etwas zurück. Sein Rhythmus paßte sich dem der Wellen an, und ich sah über seine Schulter hinweg Frank, der uns vor Lust keuchend mit unverhohlener Begierde in den Augen beobachtete. In diesem Moment gab Roberto seine anfängliche Zurückhaltung auf, und ich wurde davongespült, weit weggetragen und hörte mich nur noch schreien ...

Mein letzter Gedanke, bevor mich dieser Mega-Orgasmus überkam, war:

„Das sind mehr als 25 Zentimeter!“

PREMIERE ZU DRITT

Es war Birgits 22. Geburtstag, und ich hatte sie in ein sehr nettes Restaurant eingeladen, um ausgiebig zu essen und zu trinken. Wir waren seit einem Jahr verheiratet, und diese Frau hatte vom ersten Augenblick an bei mir „eingeschlagen“! Sie faszinierte mich – in jeder Beziehung! Sie war intelligent, humorvoll, offen, selbstbewußt, schön, fraulich, charakterstark und noch vieles mehr. Zwar war sie im Bett nicht so absolut tabulos-obszön wie viele der anderen Mädels, mit denen ich vorher zusammengewesen war, doch das war völlig okay. An Birgit hatte ich noch viele andere Qualitäten entdeckt, die mir wesentlich wichtiger waren. Schließlich lagen meine wilden Zeiten hinter mir, in denen ich sexuell alles, aber auch wirklich alles ausprobiert hatte.

Besonders während der Zeit, als ich mit Anja zusammengewesen war, hatte ich die heißesten Erfahrungen gemacht. Dieses Weib war ein echter Nimmersatt gewesen, wenn's um Sex ging. Nicht selten hatte ich sie, wenn ich nach der Arbeit nach Hause kam, mit einem anderen Kerl erwischt – und zwar absichtlich! Sexuell war sie wirklich unersättlich, konnte nie genug bekommen! Sie hatte es sogar so geplant, daß ich die beiden mittendrin überraschte! Beim erstenmal war ich noch geschockt gewesen, aber dann hatte es angefangen, mir Spaß zu machen, und ich hatte entweder mitgemischt oder aber scharfe Fotos von Anja und ihren Liebhabern in allen Positionen gemacht, die wir uns dann später gemeinsam ansahen. Das waren wirklich heiße Zeiten, doch irgendwann war es dann zu Ende mit uns, und jeder ging seinen eigenen Weg. Sie ist das eben. Manchmal dachte ich allerdings noch an die geilen Foto-Sessions zurück und holte die Aufnahmen aus ihrem geheimen Versteck hervor, um vor mich hin zu lächeln und mich an ihnen zu erregen.

Birgit, meine jetzige Frau, ist vom Typ her völlig anders als Anja. Während auf meine Ex eher die Bezeichnung „geile Hure" zutreffen würde (ich meine das durchaus nicht negativ, aber sie ist eben sexuell unersättlich, und dieser Ausdruck trifft es am besten), ist Birgit eine Frau, der man automatisch Achtung und Respekt entgegenbringt. Sie strahlt eine gewisse Würde aus, die mich von Anfang an gefesselt hat. Sie hat diesen „Mich-kann-nicht-jeder-haben-Blick", den viele Männer als hochnäsig bewerten.

Birgit ist leidenschaftlich und lustvoll, gibt sich beim Sex aber nicht so vollkommen tabulos hin, wie Anja es tat. Bei Birgit habe ich immer das Gefühl, es gibt gewisse Grenzen, die ich selbstverständlich zu respektieren habe. Deshalb habe ich ihr auch nie von meinem Hang zum Voyeurismus erzählt. Ich war immer noch ein echtes „visuelles Ferkel", ein „geiler Zugucker", aber meine Kameralinse hatte leider seit einigen Jahren keine sich lustvoll windenden nackten Körper mehr gesehen …

Wie gesagt, an diesem besagten Abend, Birgits Geburtstag, waren wir essen gewesen. Hinterher gingen wir noch in unsere Lieblingsbar, um ein paar Cocktails zu trinken und Freunde und Bekannte zu treffen. Birgit und ich hatten beide einen kleinen Schwips, wir tanzten und lachten, und irgendwann kamen wir am Tresen mit Martin ins Gespräch. Ich kannte Martin schon länger; wir waren zwar keine dicken Freunde, aber von Zeit zu Zeit trafen wir uns zufällig auf Parties oder in einer Bar. Damals, als ich noch mit Anja zusammen gewesen war, gehörte er, genau wie ich, zu den Männern, die an ihren unvergeßlichen Orgien teilgenommen hatten. Er wußte also, daß ich beim Thema „Sex zu dritt, viert, fünft etc." kein unbeschriebenes Blatt mehr war ...

Martin gesellte sich nun zu Birgit und mir. Ich bemerkte, daß er meiner schönen Frau verstohlen in den Ausschnitt linste. Naja, das war ihm schließlich nicht zu verdenken, denn Birgits raffiniertes Kleid ließ wirklich jedem Mann das Wasser im Munde zusammenlaufen, und außerdem hatte sie einen prächtigen Busen! Wir plauderten über dies und das, und plötzlich begann Martin, von früher zu erzählen. Er fragte nach Anja und ob ich wüßte, was sie jetzt mache. Dann setzte er geheimnisvoll hinzu:

„Naja, eines ist sicher. So wie wir sie kennen, ist sie jedenfalls nicht alleine und langweilt sich ..."

Ich versuchte ihm unauffällig Zeichen zu machen, daß er mit diesen Andeutungen aufhören sollte, doch es war bereits zu spät; Birgit ist schließlich nicht dumm.

„Hab' ich mir doch schon immer gedacht, daß deine Ex-Freundin 'ne ziemlich Schlimme war! Ich kenne sie zwar nicht, aber ich habe schon so einiges gehört über sie", sagte Birgit und lächelte mich dabei wissend an. Dann bestellte sie drei neue Drinks.

Als die Bar schloß, schlug Birgit vor, den Abend bei uns zu Hause zu beenden. Schließlich sei es ihr Geburtstag, und müde sei sie auch noch nicht. Wir fuhren mit den Taxi zu unserer Wohnung, und dort legte Birgit eine CD mit Schmusemusik ein und forderte Martin auch gleich zum Tanzen auf, während ich mich um die Drinks kümmerte. Ich sah, wie die beiden sich in der Mitte des Wohnzimmers aneinanderschmiegten und beim Tanzen leise miteinander redeten. Worum ging es wohl? Ich ahnte es bereits: Sie quetschte Martin über Anja und die Geschehnisse von damals aus. Frauen sind nun mal von Natur aus neugierig ...

Als ich mit unseren drei Gläsern in der Hand ins Wohnzimmer kam, schaute mich Birgit mit einem Blick an, den ich noch nie zuvor bei ihr gesehen hatte. So kannte ich sie gar nicht!

Das Lied endete, und Birgit kam auf mich zu und nahm mir ihren Gin-Tonic aus der Hand. Während sie die Lippen ans Glas setzte und trank, trat Martin hinter sie und schob eine Hand auffordernd in den Ausschnitt ihres Kleides.

„Ich habe es ihm erlaubt, ich will es sogar. Schließlich träumt doch irgendwie jede Frau mal davon, von zwei Männern gleichzeitig vernascht zu werden, und das gilt auch für mich. Und jetzt, da ich weiß, was ihr früher so alles zusammen erlebt habt, will ich doch mal sehen, ob mir das ebenso gefällt!"

Während Birgit das sagte, bog sie ihren Körper leicht nach hinten, so daß Martin ihre Brüste besser erreichen konnte.

In mir tobte ein Kampf, denn einerseits wußte ich nicht genau, ob ich diese Frau wirklich mit einem anderen teilen wollte – und sei es nur für dieses eine Mal –, und andererseits ahnte ich, welch ungeheure Lust es mir bereiten würde zu sehen, wie Martin sie nahm. Ich kannte seine körperlichen Vorzüge und seine Ausdauer noch von damals, als ich ihn zusammen mit Anja in den heißesten Stellungen erlebt und fotografiert hatte. Ich kannte seine sexuellen Vorlieben und wußte, es würde Birgit sehr gefallen …

„Setz dich ruhig in den Sessel, ich will dir eine Show bieten!" forderte mich Birgit auf, und schon hatte sie sich umgedreht und Martins Gürtel geöffnet. Ich weiß nicht, ob es der Alkohol war, aber auf jeden Fall schien sie mir so gierig wie nie zuvor, als sie endlich seine Hose runtergestreift hatte, sich niederkniete und mit ihren vollen roten Lippen „zuschnappte".

Sie genoß es in vollen Zügen, daß ich ihr dabei zusah. Martin stöhnte und zog von Zeit zu Zeit ihren Kopf ein Stück zurück, da er offenbar schon sehr erregt war. Ich hörte Birgits Schmatzen, sah ihr verzücktes Gesicht und genoß dieses unbeschreiblich erregende Gefühl, ein Voyeur zu sein!

Es fiel mir zwar schwer, aber irgendwann riß ich mich von dem geilen Bild los und stürzte in mein Arbeitszimmer, um die Kamera zu holen. Endlich würde sie wieder während einer Sex-Session zum Einsatz kommen!

Als ich ins Wohnzimmer zurückkam, lag Birgit bereits auf dem Sofa. Martin hatte sie in seiner Lieblingsstellung positioniert (die kannte ich bei ihm noch aus den wilden Zeiten mit Anja) – sie auf dem Sofa auf allen vieren kniend und den Po weit herausstreckend, er hinter ihr stehend. Das gab wirklich herrliche An- und Einblicke für die Linse meiner Kamera! Ich ging um die beiden herum und fotografierte jede einzelne Bewegung, die die beiden einander näherbrachte. Herrlich! Nur noch wenige Sekunden, und er würde sie …

Gleichzeitig machte mich Birgit durch ihre heißen, obszönen Worte an.

„Sieht du zwischen meinen Beinen, wie erregt ich bin? Schau genau hin. Kannst du dir vorstellen, wie sehr ich mich danach sehne, von ihm genommen zu werden?" röhrte sie mir mit vor grenzenloser Lust zittriger Stimme entgegen. War das wirklich meine Birgit, die sich da so hemmungslos gehenließ? Ich richtete die Kamera genau auf ihre Mitte, und dann schob sich Martin mit einer kraftvollen Bewegung nach vorne …

Wir taten es die ganze Nacht hindurch. Nachdem Birgit in ihrer Ekstase das halbe Haus zusammengeschrien hatte (einige der Nachbarn grüßen uns seitdem nicht mehr!), war ich an der Reihe. Ich stellte mich vor sie, während Martin sie weiter von hinten verwöhnte, und sie wurde mit Lippen und Zunge an meinem zentralen Punkt aktiv. Danach wechselten wir mehrmals die Position, und als wir im Wohnzimmer fast alle Möbelstücke auf ihre sexuelle Tauglichkeit getestet hatten, ging's weiter in den Flur und von dort ins Schlafzimmer. Birgit wurde von einem Orgasmus zum anderen getragen; oft wußte sie gar nicht mehr, wen von uns beiden sie wo spürte. Überall auf ihrem Körper waren unsere forschenden Zungen, zärtlichen Hände und kraftvollen …

Dieser Abend war Birgits sexuelle Premiere zu dritt, und sie war so begeistert von diesem geilen Spiel, daß wir seitdem des öfteren derartige scharfe Abenteuer genießen. Ob im Urlaub, am Wochenende oder einfach mal so zwischendurch, wenn es uns gerade überkommt, wir finden immer jemanden, der uns reizt und der unser heißes Angebot gerne annimmt. Aber eines ist klar: Meine Kamera ist immer dabei!

Naturheilmittel gegen Impotenz

Wir wissen auch heute noch nicht, wie es kam, aber seit einigen Monaten hatte mein Mann Jörg starke Potenzprobleme. Er litt sehr darunter, und es war ihm unsagbar peinlich. Er war geknickt und bat mich wieder und wieder um Verzeihung, wenn's im Bett wieder mal nicht geklappt hatte. Selbstverständlich machte ich ihm keine Vorwürfe, sondern versuchte ihn aufzubauen. Aber es war wie ein Teufelskreis: Mit jedem Versagen wurde seine Angst vor dem nächsten sexuellen „Schlappmachen" nur noch größer. Schließlich schliefen wir gar nicht mehr miteinander …

Eines Tages kam ich von der Arbeit nach Hause und erzählte ihm, daß einer unserer männlichen Lieferanten versucht hatte, mit mir zu flirten. „Aber selbstverständlich habe ich sofort abgeblockt, schließlich liebe ich nur dich!" setzte ich noch hinzu, um Jörg zu zeigen, daß ich voll und ganz zu ihm stehe und gegen solche Versuchungen gefeit bin. Um so mehr überraschte mich seine Reaktion.

„Erzähl mal, hat er dich etwa auch angefaßt oder sogar geküßt?" fragte er mich neugierig.

„Natürlich nicht, wo denkst du hin!" entgegnete ich entrüstet. „Warum fragst du?"

Jörgs Antwort kam schnell und ohne zu zögern:

„Baby, ich würde es dir gar nicht übelnehmen, wenn du mal Lust auf einen heißen Flirt hättest. Schließlich war ich dir ja in letzter Zeit nicht unbedingt der perfekte Ehemann …"

Den ganzen Abend lang diskutierten wir noch ganz offen darüber, und am Ende sah ich ein, daß es okay wäre, wenn ich einfach mal mit meinem neuen Verehrer ausging, um mich zu amüsieren. Jörg hat mir gut zugeredet und mich schließlich mit Argumenten überzeugt.

„Du bist jung und schön“, sagte er, „und ich will, daß du dich amüsierst. Tu einfach das, worauf du Lust hast. Wenn du jetzt nicht mit diesem Mann ausgehst, bereust du es vielleicht irgendwann. Da ist es doch besser, ihr trefft euch mal und verbringt einen schönen Abend miteinander, und vielleicht entscheidest du am Ende ja, daß es zwar ganz nett war, aber weiter nichts. Du hast doch nichts zu verlieren!“

Schließlich stimmte ich zu, und ein Wochenende später hatte ich eine Verabredung mit Arne, dem Lieferanten. Er hatte die ganze Woche über nicht locker gelassen und mich jeden Tag wieder nach einem Date gefragt.

Wir trafen uns in einer kleinen Bar, redeten und tranken etwas, und hinterher zeigte er mir seine Stammdiscothek. Ich war zwar gerade erst 30, aber bereits seit Jahren nicht mehr in so einem „Zappelschuppen“ gewesen. Seit ich mit Jörg verheiratet war, der übrigens 10 Jahre älter ist als ich, waren wir selten Tanzen gegangen, und wenn, dann nur in etwas nettere Bars statt in Discos. Dennoch war ich angenehm überrascht. Arne und ich hatten viel Spaß an diesem Abend, tanzten viel, und das eine oder andere Gläschen Sekt wurde auch getrunken.

Als wir später im Taxi saßen, küßte er mich, und ich ließ es willig geschehen. Ich weiß nicht, welcher Teufel mich ritt, aber noch bevor ich dem Taxifahrer meine Adresse nennen konnte, hatte Arne ihm bereits seine genannt, und wir fuhren los. Ich widersprach nicht, sondern berauschte mich an Arnes wilden Zärtlichkeiten …

Bei ihm angekommen, zog er mich aus dem Taxi und drängte mich sanft, aber bestimmt in den Hausflur vor seiner Wohnung. Ich war berauscht vom Sekt, aber auch von den Dingen, die ich dort so einfach mit mir geschehen ließ, ohne mich zu beherrschen. Wir standen im dunklen Flur vor seiner Wohnung und fielen voller Gier übereinander her! Wir rissen uns regelrecht die Klamotten vom Leib, stöhnten und leckten aneinander, als wenn es kein Halten mehr gäbe!

Als Arne schließlich den Schlüssel hervorwühlte und die Tür aufschloß, kam ich für kurze Zeit zu mir, und das schlechte Gewissen setzte endlich ein.

„Arne, ich denke, es ist besser, wenn ich jetzt gehe", flüsterte ich atemlos, während er mich am Arm packte und in die Wohnung zog. Schon war er wieder über mir, streichelte mich, reizte gekonnt meine empfindlichsten Stellen, und im nächsten Moment war die Lust in mir schon wieder so riesig, daß ich alles um mich herum vergaß und mich nur noch diesen unendlich geilen Spielen hingab.

Arne war ein echter Könner! Er powerte mich mehrmals bis kurz vor den Gipfel und stoppte dann kurz, bevor er wieder mit seinen raffinierten Massagen, Leckereien und Streicheleien begann. Was er in dieser Nacht mit mir anstellte, hatte ich noch nie zuvor erlebt! Die Frau, die sich da stöhnend und in den derbsten Worten nach mehr schreiend unter ihm in den Kissen wälzte, das konnte doch nicht ich sein! Ich hatte das Gefühl, aus mir brach in dieser Nacht all die Lust heraus, die sich in den vergangenen sexlosen Monaten angestaut hatte. Und noch mehr: Ich tat Dinge, die ich bisher immer für pervers gehalten hatte! Ob Oralverkehr oder Vibratorspiele, ich war unersättlich, ließ mich von diesem Mann in den exotischsten Stellungen nehmen, schrie dabei wie eine Wahnsinnige, wollte immer mehr davon, obwohl ich doch schon mehrmals gekommen war …

Als der Morgen graute und Arne endlich von mir abließ, waren wir beide fix und fertig. Er reichte mir etwas zu trinken und sah mich an:

„Ich habe mir ja schon oft vorgestellt, mit dir zu schlafen – vom ersten Tag an, als ich dich in der Firma sah, habe ich mir vorgenommen, dich zu ‘knacken’! Aber für so eine unersättliche Wilde hätte ich dich gar nicht gehalten! Das war wirklich stark!“

Beschämt wendete ich mich ab, denn ich konnte nicht fassen, was ich da getan hatte! Ich hatte Jörg betrogen, ich hatte mich in der schamlosesten Weise einem anderen Mann hemmungslos hingegeben! Wie hatte das nur passieren können?

Als ich nach Hause kam, war Jörg noch wach und wartete auf mich, obwohl es bereits fünf Uhr früh war. Aufgeregt, aber in keinster Weise ärgerlich begrüßte er mich:

„Na, mein Schatz, hattest du einen schönen Abend? Erzähl doch mal!“

Ich warf mich in seine Arme und begann zu weinen. Ich konnte ihn nicht ansehen, denn das schlechte Gewissen traf mich jetzt mit voller Wucht.

„Jörg, ich liebe dich, nur dich, und trotzdem habe ich dich betrogen! Ich habe mit Arne geschlafen, und nicht nur das. Ich habe Sex mit ihm gehabt, puren Sex, so derbe, wie ich es noch nie zuvor erlebt habe! Ich habe Dinge getan, die ich mir nie zuvor hätte träumen lassen. Ich habe darum gebettelt, und er hat mich immer wieder und von allen Seiten …"

Jörg zog mich noch fester in seine Arme und lächelte. Dann schob er eine Hand unter mein tränennasses Kinn und sah mir direkt in die Augen.

„Erzähl mir davon, mein Liebling, ich will alles ganz genau wissen, als wenn ich selbst dabei gewesen wäre!"

Erstaunt schaute ich ihn an. Er war mir tatsächlich nicht böse? Er wollte ganz genau wissen, welche perversen Sexspiele seine Frau gerade mit einem anderen Mann genossen hatte?

Langsam schob ich meine Hand zwischen seine Beine. Dort konnte ich bereits den Ansatz einer Erektion spüren. Ich ließ meine Hand dort liegen, Jörg lehnte sich genußvoll zurück, und ich begann lächelnd zu erzählen. Mit jedem meiner Worte wuchs seine Lust …

Ich bin ein Voyeur!

Ich gestehe: Ich bin ein Voyeur! Immer schon hat es mich, erregt anderen beim Sex zuzusehen. Bereits als junger Mann, sobald ich volljährig war, hat es mich bei einem Hamburg-Besuch nach St. Pauli gezogen, wo ich meine erste Live-Show auf der Bühne sah. Ich war begeistert von dem, was mir dort geboten wurde! Ich war überwältigt von meinen Gefühlen, denn von allen Seiten und ganz genau zu sehen, wie ein Paar sich direkt vor meinen Augen liebte, machte mich unheimlich an!

So begann alles, und seitdem bin ich bekennender Voyeur. Ich liebe erotische Videos, und seitdem ich verheiratet bin, sehe ich sie mir auch gerne zusammen mit meiner Frau an. Anfangs war es Britta ein wenig peinlich, mir ihre Erregung zu zeigen, wenn wir uns zusammen einen heißen Film ansahen, aber inzwischen ist sie offener geworden, und wir genießen recht häufig diese besonders geile Form des erotischen Heißmachens.

Schon oft habe ich mich während eines Sex-Videos gefragt, ob es mir wohl auch gefiele, wenn ich Britta mit einem anderen Mann beobachten würde. Irgendwann habe ich sie dann einfach ganz direkt darauf angesprochen. Ich habe sie gefragt, ob sie sich vorstellen könnte, es vor meinen Augen mit einem Fremden zu tun. Ob sie sich vorstellen könnte, daß es sie erregt, wenn ich ihnen dabei zusehe. Britta war überrascht über meine Frage und errötete leicht, während sie mir ausweichend antwortete.

„Hm, ich weiß nicht, das wäre alles wirklich sehr neu für mich. So einfach mit einem anderen Mann, das kann ich mir nur schwer vorstellen …", stammelte sie unsicher. Ich merkte, daß ihr das Thema sehr unangenehm war, und so fragte ich nicht weiter nach. Dennoch gingen mir diese Phantasien nicht aus dem Kopf. Anderen beim Sex zuzusehen, machte mich sowieso schon unheimlich an; wie geil mußte es dann erst sein, wenn es meine eigene Frau wäre, die sich hemmungslos einem anderen hingab …

Im darauffolgenden Sommer war unsere 17jährige Tochter für drei Wochen zum Schüleraustausch nach Frankreich gefahren, und wir hatten gleichzeitig einen französischen Austausch-Schüler bei uns untergebracht. Er hieß Pierre und war ein großer, gutaussehender Junge von gerade 18 Jahren. Pierre war freundlich und hilfsbereit, sehr aufgeschlossen und setzte sich abends gerne zu uns, um zu reden und etwas über Deutschland und die Lebensweise der Deutschen zu erfahren. Da ich nur sehr wenig Französisch sprach und Pierres Deutschkenntnisse ebenfalls nicht sehr ausgeprägt waren, arteten unsere Gespräche oft zu einem lustigen Durcheinander aus, bei dem Britta dann irgendwann helfend eingreifen mußte. Ihr Französisch war nahezu perfekt, und sie übersetzte für uns, wenn weder mir noch Pierre das richtige Wort einfiel.

Eines abends, wir saßen auf der Terrasse, tranken Wein, spielten Karten und lachten, fiel mir auf, daß Pierre Brittas Figur sehr genau musterte. Unter dem dünnen Sommerkleid kamen ihre herrlichen Brüste voll zu Geltung, und der junge Franzose schien fasziniert zu sein von diesem vollen, reifen Frauenkörper. Britta war trotz ihrer 39 Jahre noch sehr attraktiv und strahlte viel Erotik aus. Ich konnte es dem jungen Mann also nicht verdenken, wenn er heiß auf sie war!

Ich ging ins Wohnzimmer und legte eine CD mit langsamer Musik auf. Die Klänge waren auch auf der Terrasse gut zu hören, und plötzlich stand Pierre auf, machte vor Britta einen formvollendeten Diener und forderte sie zum Tanzen auf. Vorher hatte er mich fragend angesehen, und ich hatte wohlwollend genickt. Vielleicht ahnte er bereits in diesem Moment, daß ich genau das gehofft hatte.

Ich setzte mich hin, zündete mir einen Zigarillo an, goß mir ein weiteres Glas guten Rotwein ein genoß diesen ungemein erregenden Anblick. Britta hatte sich mit geschlossenen Augen in Pierres Arme geschmiegt, und unser junger Gast hielt ihren Körper fest umschlungen. Eine Hand lag auf Brittas Rücken, während die andere zärtlich ihre Hand hielt. So wiegten sie sich im Takt der langsamen Musik. Als Pierre mich zwischendurch kurz ansah, muß er in meinen Augen erkannt haben, daß ich die prickelnde Situation ebenso genoß wie die beiden.

Je länger sie tanzten, desto näher kamen sie sich. Britta schien wie in Trance zu sein. Pierres Hand rutsche langsam immer tiefer, bis sie nur noch wenige Millimeter über Brittas Po lag; durch den dünnen Stoff ihres Sommerkleides zeichnete sich ihr String-Tanga ab.

Mein Herz klopfte, und meine Erregung wuchs mit jeder Minute. Das war besser als eine Live-Show auf St. Pauli! Dies war meine Frau, die sich direkt vor meinen Augen verführen ließ!

Pierre senkte seinen Kopf zu Brittas Hals und strich ganz sanft mit den Lippen darüber. Sie erschauerte und seufzte leise; dann bog sie ihren Oberkörper etwas nach hinten und schlang beide Arme um seinen Nacken. Deutlich konnte ich sehen, daß ihre Brustwarzen erigiert waren! Pierre strich nun mit beiden Händen über ihren Körper. Der Stoff raschelte, denn seine Bewegungen waren fordernder geworden. Endlich schob sich eine Hand über ihre prallen Pobacken und begann sie zu kneten.

Brittas Augen waren immer noch fest geschlossen, und es war ihr deutlich anzusehen, daß sie dieses Spiel anmachte. Ihr junger Lover bedeckte ihren gesamten Hals mit nassen Küssen, während er weiterhin ihren Po mit festen Bewegungen durchknetete und sie dabei an sich preßte. Als ich vorne auf seine Hose blickte, erkannte ich die eindeutigen Zeichen seiner Lust ...

Er war heiß auf sie! Dieser junge Franzose war heiß darauf, meine Frau zu nehmen – und ich genoß es! Längst hatte ich mich weit zurückgelehnt, meine Beine etwas weiter ausgestreckt und massierte genüßlich meine Mitte. Wie glühende Lava schoß es durch meinen Unterleib, als ich sah, daß Pierre langsam Brittas Kleid hochschob. Ihre langen, braungebrannten Beine wurden sichtbar, und schließlich lag auch ihr Hintern frei.

Pierre drehte sie herum und schob sie zum Tisch, wo er sie vornüberbeugte und sich mit beiden Händen aufstützen ließ. Britta stand nun also vor dem Tisch, den Hintern weit rausgestreckt, die langen Beine auf den hochhackigen Schuhen durchgestreckt, die Augen geschlossen. Pierre ging hinter ihr in die Hocke, umfaßte mit den Händen je eine Pobacke, schob die Daumen sanft zwischen ihre Schenkel, um sich besseren Zugang zu verschaffen, und ...

Britta röhrte vor Lust. Ganz offensichtlich waren seine „Französischkenntnisse" in jeder Hinsicht perfekt! Er verwöhnte sie auf eine Art und Weise, die sie vor Geilheit fast verrückt werden ließ. Noch nie hatte ich Britta in einer solch obszönen Pose gesehen! Meine Augen hingen an dieser total erregenden Szene, die sich in mein Gedächtnis einbrannte. Ich ließ mich anmachen durch dieses geile Bild, genoß es, Britta so hemmungslos zu sehen!

Pierre intensivierte seine Aktivitäten, sein Kopf schob sich immer schneller vor und zurück. Gleichzeitig beschleunigte auch ich meine intime Massage und berauschte mich weiter an diesem scharfen Bild. Plötzlich knickte Britta in den Beinen zusammen, zitterte und schrie vor Lust. Ein gewaltiger Orgasmus hatte sie mitgerissen, sie zuckte und stöhnte und war schweißgebadet; im gleichen Moment kam auch ich.

Pierre fing Britta auf und hielt sie in den Armen. Sie lachte und weinte gleichzeitig vor Glück, und ich stand auf und nahm die beiden in die Arme. Lange standen wir so da, völlig außer Atem, glücklich und fasziniert von diesem einmaligen Erlebnis, das uns so völlig ungeplant mitgerissen hatte.

In den folgenden zwei Wochen, die Pierre noch bei uns blieb, verging kaum ein Tag, an dem ich meine „ferkeligen" voyeuristischen Neigungen nicht ausleben konnte. Obwohl er gerade erst 18 war, wußte der junge Franzose bereits sehr genau, wie ein man eine Frau restlos befriedigt …

Ein „unmoralisches Angebot“

Die Zeiten waren härter geworden. Seit nunmehr drei Monaten war Piet arbeitslos, und ich hatte neben meinem normalen Bürojob noch eine Wochenendbeschäftigung als Bedienung hinterm Tresen annehmen müssen. Schließlich hatten wir erst vor drei Jahren das Haus gebaut, und Piets Kündigung war ganz überraschend gekommen. Er hatte sich immer gut mit Achim, seinem Chef, verstanden, aber der mußte ihn leider entlassen, weil die Filiale, in der Piet als Einkäufer gearbeitet hatte, mangels Kundschaft geschlossen wurde.

Nun saß Piet seit drei Monaten zu Hause und ließ den Kopf hängen, während ich jeden Morgen zur Arbeit ging und erst spät wiederkam. Auch am Wochenende sahen wir uns kaum, denn ich arbeitete ja nachts als Barfrau und schlief meist den ganzen Tag. Wir ahnten beide: So konnte es nicht weitergehen!

Es war an einem Samstag abend, als ich in der Bar, wo ich arbeitete, plötzlich Piets Ex-Chef Achim mit einigen Geschäftspartnern sah. Sie kamen zu mir an den Tresen und ließen sich von mir mit Drinks versorgen. Achim machte zuerst noch ganz auf seriöser Geschäftsmann, doch nach und nach wurde er immer lockerer. Schließlich beugte er sich zu mir über den Tresen und frage mich, wie es denn eigentlich Piet ginge. Ich erzählte ihm, daß er noch immer keine neue Stelle hatte.

„Na, das ändert sich ja vielleicht bald …“, grinste Achim geheimnisvoll. Dann wandte er sich wieder seinen Geschäftspartnern zu. Mir war allerdings nicht entgangen, daß er mir ziemlich schamlos in den Ausschnitt gestarrt hatte. Ich wußte ja, daß ich ihm gefiel, denn bereits vor einem Jahr beim Betriebsfest hatte er mir eindeutige Avancen gemacht.

Achim war ein attraktiver Mann, gutaussehend und mit guten Umgangsformen, charmant, witzig und gepflegt. Er gefiel mir zwar, aber schließlich war ich mit Piet verheiratet und gedachte auch, es zu bleiben! Ich bin eine offene, aufgeschlossene Frau, aber vom Prinzip der „offenen Ehe", in der jeder sexuell seine eigenen Wege geht, halte ich nichts. Deshalb hatte ich damals beim Betriebsfest zwar wohlwollend registriert, daß Achim mit mir flirtete, ging aber nicht darauf ein. Welche Frau braucht nicht ab und zu mal Bestätigung von anderen Männern?

An diesem Abend in der Bar brauchte mein Ego diese Bestätigung anscheinend besonders nötig. Ich hatte die letzten Monaten irre viel gearbeitet, Piet und ich hatten uns kaum gesehen geschweige denn viel Zeit füreinander gehabt, und die privaten Probleme drohten uns zu erdrücken. Es wurde Zeit, daß Piet endlich wieder Arbeit fand!

Immer wieder kam Achim zwischendurch zu mir an den Tresen, um ganz direkt mit mir zu flirten. Er bewunderte meine gute Figur und erzählte mir, daß ich auch seinen Geschäftsfreunden aufgefallen sei. Sie alle wären sich einig, daß ich eine sehr attraktive Frau sei. Wieder schaute er mir dabei direkt auf den Busen, und mich durchrieselte ein heißer Schauer. Zum erstenmal dachte ich daran, wie es wäre, Achims Hände auf meinen Körper zu spüren.

Er bot mir an, mich nach Feierabend Hause zu fahren. Grinsend verabschiedeten sich seine Geschäftsfreunde und wünschten uns noch eine schöne Nacht …

Im Auto küßten wir uns, und Achims Hände fuhren fordernd über meinen Körper. Ich war einfach nur heiß, konnte kaum noch denken, wollte einfach alles um mich herum vergessen und pure Lust erleben! Nervös nestelte ich an den Knöpfen meines Tops und wollte Achim den Weg freimachen – doch dann stoppte er plötzlich und sah mich an:

„Ich will mit dir schlafen, Bea. Ich bin schon lange verrückt nach dir, will dich fühlen, dich zum Schreien bringen, aber dies ist nicht der richtige Ort dafür. Ich will mehr Platz haben und Zeit, und ich will es nicht heimlich tun!"

Zuerst konnte ich gar nicht begreifen, was er da gerade gesagt hatte. Doch dann sickerten die Worte langsam in mein lustumnebeltes Hirn. Er wollte es nicht heimlich tun? Was meinte er damit? Sollte ich Piet etwa um Erlaubnis fragen?

Achim startete den Wagen und fuhr mich nach Hause, während ich meine Kleider ordnete. Er hielt vor der Haustür, und bevor ich ausstieg, zog er mich nochmal zurück.

„Ich mache euch beiden ein eindeutiges Angebot: Ich bin schon lange heiß auf dich, Bea, das weißt du. Ich will dich haben, und zwar für eine ganze Nacht. Der Deal sieht so aus, daß Piet dafür einen Job in meinem neuen Laden bekommt, den ich im Herbst eröffnen werde. Vielleicht findet ihr das zunächst etwas zu geschäftsmäßig, zu berechnend, aber denkt mal darüber nach. So ein Spiel kann auch sehr erregend sein, und schließlich haben alle drei Seiten etwas davon! Ich verspreche dir: keine Verpflichtungen. Wie erfüllen die Vereinbarungen und haben unseren Spaß. Das ist alles. Es ist im Grunde wie ein Geschäft – allerdings ein sehr, sehr reizvolles und befriedigendes!"

Piet merkte am nächsten Tag sofort, daß etwas mit mir nicht stimmte. Ich hatte kaum geschlafen, sah müde und kaputt aus. Als er mit einem liebevoll gedeckten Frühstückstablett ins Zimmer kam, um mich zu wecken, brach ich in Tränen aus.

Ich erzählte ihm von der vergangenen Nacht und von Achims „unmoralischem Angebot". Aber entgegen meinen Erwartungen war er nicht geschockt. Im Gegenteil. Piet schien das ganz nüchtern betrachten zu können, und nachdem er eine Weile überlegt hatte, sagte er:

„Heißt es nicht, mal soll immer versuchen, aus allem das Beste zu machen? Sieh es doch mal so: Die derzeitige Situation ist schlimm für uns; so kann es nicht weitergehen. Ich hätte irre gerne den Job in dem neuen Laden, denn die Arbeit macht mir großen Spaß. Achim ist heiß auf dich, und wenn ich deine Erzählungen richtig interpretiere, findest du ihn auch sehr attraktiv, hast aber Hemmungen, mich zu betrügen – was mich übrigens sehr beruhigt! Last but not least ist für mich die Vorstellung, daß du es mit einem anderen Mann tust, sehr erregend. Warum also nicht? Und wenn's Achim ist, um so besser. Den kenne ich wenigstens. Ich habe nur eine Bedingung: Ich will euch dabei zusehen!"

In mir kochte die Empörung hoch, als ich das hörte. Ich konnte Piets Reaktion nicht fassen! Gerade wollte ich wütend aufspringen, da zog er mich sanft in seine Arme und meinte:

„Bea, denk doch mal nach. Du kannst ruhig zugeben, daß Achim dich als Mann reizt. Ich weiß ja, daß du mich liebst, aber so ein Spielchen kann doch auch sehr prickelnd sein. Das ist purer Sex! Macht es dich denn nicht an, dir vorzustellen, daß er dich kraftvoll verwöhnt, während ich danebensitze und euch beobachte? Ich gebe zu: Das ist eine meiner geheimsten sexuellen Phantasien, mich macht das irre an. Und es ist unsere Chance, uns gleich mehrere Wünsche auf einmal zu erfüllen!“

Ich spürte, wie mein Widerstand zerschmolz. Ich wollte nur mir selbst und Piet gegenüber nicht zugeben, daß ich Achims Vorschlag gar nicht so fürchterlich fand. Im Grunde war ich sogar stolz darauf, daß er mich so sehr begehrte. Und die Vorstellung, daß Piet uns dabei zusah, geilte mich ebenfalls auf!

An diesem Tag schliefen Piet und ich nach langer Zeit zum erstenmal wieder miteinander, und wir waren beide extrem wild und hemmungslos. Unsere Phantasien hatten uns angefeuert …

Ein paar Tage später kam ich abends von der Arbeit nach Hause, und Piet erzählte mir, daß er mit Achim telefoniert habe. Sofort kribbelte es wild in meinem Unterleib. Wir seien von ihm zum Essen eingeladen worden – an diesem Abend. Piet nahm mich sehr zärtlich in die Arme.

„Zieh dich besonders sexy an, mein Liebling, es lohnt sich!“ flüsterte er dicht an meinem Ohr, und als er mich noch dichter an sich zog, konnte ich seine pochende Erregung spüren.

Während ich mich anzog und schminkte, war ein Vibrieren in meinen Körper, das mich ganz kirre machte. Ich sah in den Spiegel, um den Mascara aufzutragen, und vor meinem geistigen Auge erschienen die frivolsten Bilder: drei sich windende Körper, in lustvollem Stöhnen aufgerissene Münder und der Raum angefüllt von heiseren Schreien und heißen Seufzern …

Ich konnte mich kaum noch konzentrieren und war total aufgeregt, aber auch voller Vorfreude. Vorfreude ist schließlich die schönste Freude, und das traf hier wieder einmal zu. Ich freute mich auf die bevorstehende Nacht, auf die Orgasmen, die mich überkommen würden, und ich mußte kein schlechtes Gewissen haben, denn mein Mann würde ja dabei sein!

Achim hatte uns zu sich nach Hause eingeladen und von einem Catering-Service ein vorzügliches Dinner kommen lassen. Der Raum war in das Licht unzähliger Kerzen getaucht, und im Hintergrund spielte leise Musik.

Anfangs war ich unglaublich nervös, und ich bekam zunächst keinen Bissen hinunter. Aber dann nahm Achim mir die Unsicherheit, indem er ganz offen und tabulos darüber sprach, was an diesem Abend geschehen würde.

„Wir haben Zeit, Bea, viel Zeit“, sagte er mit sanfter Stimme. „Genieße es einfach und entspann dich. Es gibt nichts, wovor du Angst haben mußt. Das Essen gehört bereits zu unserem Vorspiel dazu. Es hat etwas Erotisches, Erregendes, dir dabei zuzusehen, wie du die Bissen zwischen deinen geilen, vollen Lippen schiebst.“

Ich verlor langsam die Nervosität, und mein weibliches Selbstbewußtsein gewann endlich die Oberhand. Es war alles so neu für mich, und ich mußte mich erst daran gewöhnen. Doch dann begann ich die Situation zu genießen.

Nach dem Essen stand Achim auf, um uns Wein nachzuschenken, und als er hinter mir stand, hauchte er einen Kuß auf meinen Nacken. Ich hatte die Haare hochgesteckt, denn so kam mein makelloses Dekolleté noch besser zur Geltung.

„Du bist so schön, so begehrenswert!" flüsterte mir Achim ins Ohr. Ich hob meinen Kopf und sah Piet an. Er hatte sich zurückgelehnt und beobachtete uns mit erregtem Blick. Mir pulsierte die Lust kraftvoll zwischen den Schenkeln, und mein Herz schlug wild. Niemals hätte ich geglaubt, daß es mich so anmachen würde, es vor den Augen meines Mannes mit einem anderen zu treiben! Ich war plötzlich wie im Rausch, wollte die beiden Männer aufgeilen, mich ihnen völlig tabulos zeigen, mich von ihnen bis zur Ekstase …

Während mich Achim nun ins Schlafzimmer führte, folgte uns Piet mit einigem Abstand. Als er mich rücklings aufs Bett legte und mein Dekolleté mit heißen Küssen übersäte, sah ich Piet im Türrahmen stehen. Die Geilheit war ihm anzusehen, und in seiner Anzughose schien ein riesiges wildes Tier ganz offensichtlich darauf zu warten, freigelassen zu werden …

Nun wollte ich aktiv werden! Blitzschnell rollte ich mich unter Achim hinweg auf die Seite und setzte mich schließlich auf ihn. Mein Brüste lagen inzwischen frei und hingen über den Rand meines Ausschnitts hinweg. Die kleinen braunen Spitzen reckten sich erregt in die Höhe und verlangten nach mehr.

Achim streckte sich, verschränkte genüßlich die Arme hinter dem Kopf und sah mir dabei zu, wie ich ihm das Hemd aus der Hose zog und es aufknöpfte. Dann zog ich ihm aufreizend langsam den Reißverschluß nach unten. Noch bevor ich seine Hose ganz geöffnet hatte, spürte ich, daß mich dort etwas ganz Besonderes erwartete! Als ich lächelnd meinen Kopf über seine Hüfte senkte, sah ich, daß sich mein Mann direkt neben uns gestellt hatte, um uns besser zusehen zu können. Auch er hatte seine Hose geöffnet, und abwechselnd konnte ich nun meine beiden Lover bedienen …

Ich wuchs in dieser Nacht regelrecht über mich selbst hinaus. Ich weiß nicht mehr, wie oft ich zum Höhepunkt kam und vor allem durch wen; manchmal waren es wohl beide Männer gleichzeitig, die mir diese sagenhaften Erlebnisse schenkten!

Nur noch Bruchstückhaft erinnere ich mich, daß ich ab und zu die Augen öffnete; dann sah ich Piet neben uns knien oder gar halb unter uns liegen und sich an den lustvollen Szenen, die wir ihm in unserer wilden Gier boten, berauschen. Eigentlich war er ja nur zum Zugucken da, und das machte ihn auch tierisch an. Aber von Zeit zu Zeit spürte ich seine Lippen an meinem Busen oder seine massierenden Finger in meiner Mitte, während Achim mich …

Das war vor rund vier Monaten gewesen. Inzwischen sind Piet und ich wieder ein glückliches Paar. Achim hat sein Versprechen gehalten und ihm den neuen Job gegeben. Eine Wiederholung dieser einmaligen Nacht wird es jedoch nicht geben, denn es gibt gewisse Grundsätze, an die man sich halten muß – Geschäft ist eben Geschäft!

Erotische Reitstunden

Endlich waren Semesterferien! Mein Freund Stefan und ich hatten uns so sehr auf das Ende des Semesters und auf acht Wochen Sommerferien gefreut, daß wir es kaum erwarten konnten. Doch nun war es soweit, wir waren in Frankreich und genossen die lernfreie Zeit. An diesem denkwürdigen Tag hatten wir uns zwei Pferde gemietet, denn wir waren beide gute Reiter und wollten das herrliche Wetter nutzen, um die Gegend per Pferd zu erkunden.

Wir waren bereits früh morgens gestartet und schon seit einigen Stunden unterwegs, als wir plötzlich hinter uns Hufschläge hörten. Zwei Reiter, ein älterer Mann und eine junge Frau, kamen im wilden Galopp auf uns zugeritten. Sie preschten über eine Wiese, übersprangen eine Zaun und ritten lachend und kurz grüßend an uns vorbei. Stefan und ich waren stehengeblieben und starrten den beiden nach. Wir dachten wohl beide dasselbe: Was für ein herrlicher, ungemein erotischer Anblick! Die Frau war jung, etwa Mitte Zwanzig; sie trug eine knallenge Reithose, lange, braune Lederstiefel und dazu ein sehr körperbetontes T-Shirt, unter dem ihre prallen Rundungen beim Reiten aufregend wippten. Ihre langen, blonden Haare flogen, aber das Beste war ihr Hintern! Als sie so dicht an uns vorbeiritt, hatten wir die beiden knackigen Hälften ihres runden, festen Apfelhinterns genau sehen können. Sie arbeiteten auf dem Sattel, und wir sahen, wie die Muskeln spielten. Welch ein faszinierender, scharfer Anblick!

Stefan und ich waren sprachlos. Wir sahen uns an und grinsten vielsagend. In meinen Kopf schwirrte die Frage umher, ob sie das rhythmische Wippen auf dem festen, ledernen Sattel wohl erregte. Was für ein Gefühl war es für diese Frau, ihre Mitte immer wieder mit einem festen Ruck daraufzupressen, um sich im nächsten Moment mit der Kraft ihrer Beinmuskulatur wieder ein Stück emporzudrücken. Das mußte sie doch total anmachen! Dazu noch die Hitze und die Bewegung des Pferdekörpers zwischen den Schenkeln …

Die beiden Reiter verschwanden hinter einem kleinen Wäldchen, und Stefan und ich trotteten in die gleiche Richtung.

„Hast du diesen Traumhintern gesehen? Mit deren Pferd würde ich wirklich gerne mal tauschen …“, durchbrach Stefan nach ein paar Minuten das Schweigen, und wir mußten beide lachen.

Nach etwa einer halben Stunde gelangten wir an einen Bach. Überall standen weit auslandende und schattenspendende Bäume, und da es Mittagszeit war und wir Hunger hatten, beschlossen wir, eine Pause zu machen. Gerade waren wir abgestiegen, als wir von weitem Stimmen und Lachen hörten. Wir schlichen um ein paar Sträucher herum, und dann sahen wir sie, die beiden Reiter von vorhin:

Er lag halb auf ihr und hatte seine Hände unter ihr T-Shirt geschoben. Ihr herrlichen Brüste lagen frei, und er beschäftigte sich abwechselnd mit ihren Brustwarzen. Ihr Kopf lag auf einem der ledernden Sättel, die sie ins Gras gelegt hatten, und sie bog ihm lustvoll ihren Körper entgegen.

Stefan und ich konnten unseren Blick nicht von dieser geilen Szene wenden. Wie sehr beneideten wir diesen Mann, der doch mindestens 20 Jahre älter war als sie! Plötzlich hob er grinsend seinen Kopf und schaute genau in unsere Richtung. Seine Stimme war ganz ruhig und freundlich, als er uns auf Englisch zurief:

„Wollt ihr dort noch länger hinter dem Busch hokken, oder wäre euch vielleicht ein Logenplatz lieber? Kommt doch her und schaut zu!"

Das ließen wir uns nicht zweimal sagen! Schon waren wir dort und setzten uns neben die beiden ins Gras. Sie ließen sich davon nicht stören, im Gegenteil – er intensivierte jetzt seine heißen Zärtlichkeiten und zog ihr das Shirt und die Reithose aus. Darunter war sie vollkommen nackt. Dann ließ er sie die ledernen Stiefel wieder anziehen – ein ungeheuer erotisches Bild: Diese wunderschöne Frau, nackt bis auf die Stiefel, wie sie jetzt auf allen vieren dort im Gras kniete, das lange Haar über den Schultern.

Der Mann richtete sich auf und sagte:

„Euch gefällt meine rassige Stute, nicht wahr? Wie wär's mit einem kleinen Ausritt? Ihr seid herzlich eingeladen! Warum zögert ihr noch, macht euch das etwa nicht an? Uns schon! Wir lieben dieses Spiel, sowohl meine kleine Stute als auch ich. Da könnt ihr euch sicher sein! Das werdet ihr gleich spüren, wenn ihr sie …"

Stefan und ich schluckten, denn bereits beim Zusehen war uns heiß geworden, und wir hatten Mühe, unsere Geilheit unter Kontrolle zu behalten. So etwas war uns noch nie passiert; zwar waren wir mit unseren jeweils 20 Jahren nicht mehr ganz unerfahren, was Mädels anging, aber das hier war dann doch eine echte Sensation! Als die geile Reiterin an uns vorbeigaloppiert war, hatten wir nicht mal zu träumen gewagt, sie noch einmal wiederzusehen – geschweige denn sie zu vögeln!

Der Mann war ein Stück zurückgerutscht, und das Paradies lag nun einladend und völlig frei vor mir. Sie drehte den Kopf ein wenig zu Seite und lächelte mich auffordernd an. Mit vor Auf- und Erregung zitternden Fingern öffnete ich so schnell ich konnte meine Hose und kniete mich hinter sie. Ich hörte das Knarren des ledernen Sattels, als sie ihren Oberkörper noch ein wenig tiefer beugte und damit ihren Hintern ein Stück weiter anhob. Was für eine absolut scharfe Pose! Ich konnte nur allzu gut sehen, wie bereit sie war. „Jetzt oder nie!" dachte ich mir und „preschte" vor.

Stefan und ich liebten sie abwechselnd, mal im wilden „Galopp", mal im genüßlichen „Trab". Es dauerte gut zwei Stunden, bis wir diese Rassefrau in allen erdenklichen Positionen gespürt hatten. Gegen einen Baum gelehnt, über einen Felsen gelegt, seitlich liegend, vor uns kniend und schließlich, als großes Finale, als wilde Amazone auf uns sitzend. Die ganze Zeit über schaute uns ihr Mann genußvoll zu und feuerte uns an. Völlig erschöpft beendeten wir schließlich dieses geile Spiel, zogen uns an und verabschiedeten uns.

Wieder in unserer Pension angekommen, wartete die freundliche Wirtin bereits mit dem Essen und fragte uns, ob wir einen schönen Tag gehabt hätten. Stefan und ich nickten grinsend.

„Seid ihr auch am Schloß vorbeigeritten, etwa eine Stunde südlich von hier?" fragte sie und zwinkerte uns zu. „Das wäre sicher was für euch junge Männer gewesen, denn man erzählt sich hier im Dorf, der Eigentümer, ein Engländer, habe eine wunderschöne junge Frau! Wer weiß, vielleicht hättet ihr sie ja dort gesehen … “

Lieber bi als nie …

Drei lange Monate war ich diesmal auf See gewesen. Ich bin Seemann aus purer Leidenschaft, aber dennoch freue ich mich natürlich jedesmal auf mein Zuhause. Mary und ich sind seit fünf Jahren verheiratet, und sie hat gewußt, worauf sie sich einläßt: viele lange, einsame Tage und Nächte ohne mich und ebensoviele sehnsüchtige Briefe und Telefonate, bis ich endlich zurückkomme von meinen Reisen. So war es auch diesmal gewesen. Mary hatte mich kurz nach dem Einlaufen am Hafen abgeholt, und wir waren direkt zu uns nach Hause gefahren und übereinander hergefallen wie ausgehungerte Tiere. Der Sex mit dieser Frau war einfach herrlich, und ich liebte ihre Wildheit und die unersättliche Art, mit der sie mich zu immer neuen erotischen Höchstleistungen anspornte. Gleichzeitig hatte ich mich aber auch schon oft gefragt, wie sie wohl so lange ohne Lust und Befriedigung sein konnte, während ich weg war …

Am nächsten Tag, Mary war zum Einkaufen gefahren, fand ich in einer Schublade unseres Schreibtisches einen weißen Umschlag mit Fotos. Es war reiner Zufall, den eigentlich suchte ich eine ganz bestimmte Aufnahme, die ich im vergangenen Sommer von ihr am Strand gemacht hatte und die ich mir nun vergrößern lassen wollte, um sie auf meine nächste Reise mitzunehmen. Die Fotos, die ich statt dessen fand, zeigten zwar auch Mary, allerdings in ganz spezieller Pose: Sie lag auf dem Sofa, nackt, die Beine gespreizt, und vor ihr kniete eine andere Frau!

Ich starrte auf die Fotos und konnte es nicht fassen! In mir war ein eigenartiges Gefühl: Einerseits war ich schockiert darüber, daß Mary offensichtlich ein Geheimnis vor mir hatte, und andererseits fand ich die Bilder sehr erotisch; sie hatten eine äußerst prickelnde Wirkung auf mich, und in meiner Hose begann sich etwas zu regen. Ich wußte allerdings nicht, ob ich einen Grund hatte, eifersüchtig zu sein. Marys Gesichtsausdruck auf den Fotos schien sehr glücklich und erregt; sie genoß die lesbische Liebe ganz offensichtlich. In der gestrigen Nacht hatte sie mir andererseits auch deutlich gezeigt, daß sie mich und meine Potenz ebenfalls liebte und mich vermißt hatte. Sie hatte sich von mir nach allen Regeln der Kunst verwöhnen und befriedigen lassen.

Während ich so völlig versunken dasaß und die scharfen Fotos betrachtete, stand Mary plötzlich hinter mir und meinte:

„Naja, irgendwann mußtest du es ja rausfinden. Ja, ich bin bi, schon lange. Irgendwie muß ich schließlich die Zeit überbrücken, wenn du so lange weg bist. Oder wäre es dir etwa lieber, wenn ich es mit anderen Männern triebe?" Dabei lächelte sie provozierend.

An diesem Nachmittag waren wir heiß und leidenschaftlich wie selten zuvor. Ich liebte Mary quer durchs ganze Haus: Im Badezimmer plazierte sie im Stehen einen Fuß auf dem Badewannenrand, in der Küche legte sie sich bäuchlings auf den Tisch, und im Keller setzte sie sich mit gespreizten Beinen auf die Waschmaschine, die gerade den Schleudergang absolvierte …

Als wir danach zu Abend aßen, sah sie mich lächelnd an und fragte:

„Es macht dich an, oder? Du magst es, dir vorzustellen, daß ich es mit einer anderen Frau tue! Möchtest du sie kennenlernen? Sie heißt Eva. Soll ich sie für Freitag zu uns einladen?“

Ich nickte und prostete ihr zu.

Als Eva zwei Tage später abends zu uns kam, hatte sie ihre Fotoausrüstung dabei. Sie war sehr direkt und sprach ganz offen über ihre lesbische Neigung. Zuerst war ich etwas überrascht, aber irgendwie faszinierte sie mich auch mit ihrer offenen Art, und außerdem war sie eine sehr attraktive Frau.

„Männer interessieren mich als Bettpartner nicht mehr, ich stehe nur auf Frauen, denn die können viel besser genießen, finde ich. Deine Mary ist eine von den Frauen, die ganz besonders sinnlich sind. Würde es dich interessieren zu sehen, wie ich sie zur Ekstase bringe? Ich mache natürlich auch gerne Fotos von uns dreien, wenn du willst …“

Während Eva mich das fragte, knöpfte sie mit einer Hand ihre Bluse auf und strich Mary mit der anderen übers Knie. In meiner Hose wurde es schlagartig eng.

Wenig später hatte ich es mir in einem Sessel bequem gemacht, und Mary und Eva lagen auf dem Teppich vor dem Kamin. Eva hatte ihre automatische Kamera aufgebaut und so eingestellt, daß sie in regelmäßigen Abständen Fotos von uns schoß. Das Feuer loderte im Hintergrund, und das Flackern der Flammen zauberte einen wunderschönen Schimmer auf die Haut der beiden. Noch nie hatte ich zwei Frauen beim Sex zugesehen, und erst jetzt ahnte ich, was ich bisher verpaßt hatte! Was für ein sinnlich-geiler, berauschender Lust-Trip …

Mary stöhnte und zuckte, als Eva ihren gesamten Körper mit Küssen und feuchten Zungeschlägen bedeckte. Sie seufzte, als sie ihren Busen massierte und sich ihren empfindlichen Brustwarzen mit einer erregenden Sanftheit widmete, die ich – ich gebe es zu – selbst noch nie an den Tag gelegt hatte. Aber wenn Mary und ich miteinander schliefen, dann wollte sie es auch gar nicht so sanft; meist spornte sie mich sogar zu mehr Intensität an, wenn ich zwischendurch mal zärtlicher oder langsamer wurde. Bei mir zeigte sie ihre wilde, aktive, unerbittliche Seite, die immer mehr und fester geliebt werden wollte, während sie sich hier bei Eva ganz offensichtlich eher sanft und passiv verhielt.

Als Eva unendlich langsam den Kopf zwischen ihre Schenkel senkte, öffnete Mary die Augen und sah mich an. Ich hatte mich im Sessel zurückgelehnt und schaute den beiden gebannt zu.

„Öffne deine Hose. Ich will sehen, wie heiß du bist", bat sie mich, und sofort griff ich nach unten, zog den Reißverschluß auf und griff hinein.

Im gleichen langsamen Rhythmus, wie Evas Kopf sich senkte und hob, begann Mary zu seufzen. Sie zitterte und zuckte, und ihre Augen, die immer noch an meinem lustvoll-erregten Blick hingen, verschleierten sich mehr und mehr.

„Sag es, sag mir, was du jetzt siehst und ob es dir gefällt!" Ihre Stimme war wirklich nur noch ein heiseres Flüstern.

„Ich sehe, wie ihr beide es miteinander treibt, wie Eva dich hochbringt, deine Lust hochpeitscht; sie will dich zum Höhepunkt bringen, will sehen, wie dein Bekken vor Lust zuckt. Sie will hören, wie du schreist vor Ekstase – und ich will es auch!“

Eva hatte ihre Bewegungen inzwischen beschleunigt; jetzt waren auch ihre Finger mit im Spiel, und als Mary mich schließlich in ihrer unendlichen Lust flehentlich ansah, da konnte auch ich mich nicht mehr zurückhalten.

„Jaaaaaa, es ist herrlich, euch beide so zu sehen, es ist absolut geil, und es macht mich tierisch scharf! Hier, sieh hin!“

Ich kam, bebend und zitternd, stöhnend und nicht enden wollend. Auch Mary war soweit, ließ es einfach kommen, wimmernd und weinend, unglaublich lustvoll und vor Glück bebend.

Das war unser erstes Erlebnis zu dritt, und als ich das nächstemal auf große Fahrt ging, hatte ich eine Reihe von Fotos dabei, die mir die vielen einsamen Nächte auf See himmlisch versüßten …

Lady Nimmersatt

Birgit war schon immer so. Schon seitdem ich sie kenne – und wahrscheinlich schon lange vorher – hat sie sich alles genommen, wonach ihr sexuell gerade der Sinn stand. Sie war in unserer Clique als weiblicher Nimmersatt bekannt (und beliebt!), und alle mochten sie und ihre unbekümmerte Art. Ich war das genaue Gegenteil: Ein schüchterner, gut erzogener junger Mann, der damals auf erotischem Gebiet noch nicht viel Erfahrung hatte. Dennoch verliebten wir uns ineinander und sind jetzt seit fünf Jahren glücklich verheiratet.

Birgit hat mich in die „Geheimnisse der körperlichen Liebe“ eingeweiht. Erst seit ich sie kenne, weiß ich, wie herrlich Sex sein kann! Sie ist so ungezügelt, neugierig auf alles Unbekannte, und das macht das Leben mit ihr so aufregend. Sie ist sexuell gesehen ganz klar der führende Part in unserer Beziehung. Denn meist sind es ihre „versauten“ Vorschläge, Ideen und Phantasien, die wir gemeinsam ausleben. Ob Dildos und Vibratoren, Analerotik oder Bondage-Spiele, immer ist es Birgit, die die Initiative ergreift.

Im vergangenen Herbst beim Jahresball unseres Sportvereins lernte sie dann eine neue erotische Variante kennen (sie hat es mir allerdings erst im nachhinein erzählt). Während ich angeregt plaudernd an der Bar stand, tanzte sie mit Michael, meinem Bruder. Er ist wirklich ganz anders als ich, temperamentvoll, spontan, direkt und sehr selbstsicher. Ich sah die beiden auf der Tanzfläche miteinander lachen und freute mich, daß sie so viel Spaß hatten. Irgendwann kam dann ein langsameres Lied, und engumschlungen genossen Birgit und Michael die romantische Musik.

Ich widmete mich wieder meinen Sportler-Freunden, und erst eine halbe Stunde später kam Birgit zu mir an die Bar, mit leuchtenden Augen und glühenden Wangen. Sie sah wahnsinnig schön und begehrenswert aus in ihrem tief dekolletierten, schwarzen Samtleid, und ich zog sie an mich und küßte sie zärtlich. Kaum hatte ich ihren Körper im Arm, da spürte ich auch schon, daß ich große Lust auf sie hatte. „Vielleicht ein Quickie im Waschraum?“ schoß es mir durch den Kopf. Nein, das wäre mir zu riskant gewesen. Ich flüsterte ihr zärtlich ins Ohr, daß ich jetzt gerne mit ihr schlafen würde, und sie nahm mich bei der Hand und zog mich hinaus zum Taxi. Wir fuhren nach Hause.

Kaum dort angekommen, begann ich auch schon ihr Kleid zu öffnen. Diese Frau machte mich wahnsinnig vor Geilheit! Doch Birgit schob mich sanft von sich und bat mich, mich aufs Sofa zu setzen; sie wolle mir etwas zeigen. Dann ging sie zum Videorecorder, schob eine Kassette hinein, kuschelte sich in meinen Arm und begann meine Hose zu öffnen …

Es war ein Pornofilm. Die scharfen Szenen, die dort wenig später über den Bildschirm flimmerten, nahmen mich sofort gefangen. Eine Frau ließ sich von zwei potenten Lovern gleichzeitig verwöhnen, gab sich ihnen hin, befriedigte sie an allen erdenklichen Orten und in allen erdenklichen Positionen. Ich ließ mich mitreißen von dem Film und genoß die starke Erregung, die meinen Körper erfaßte und mir das Blut zwischen die Beine trieb. Gleichzeitig roch, fühlte und schmeckte ich Birgits herrlichen Body, ihren prallen Busen, die süßen Nippel, die heißen Schenkel …

Wieder mal hatte sie es geschafft, mich mit etwas Neuem zu überraschen und mich unendlich anzumachen. Ich war total heiß auf sie, wollte sie endlich ganz spüren! Ich warf sie aufs Sofa und kniete mich zwischen ihre Beine, schob ihr Kleid ganz nach oben, doch sie hielt mich zurück und zog meinen Kopf zu sich hinab.

„Findest du es geil zu dritt? Würde es dir gefallen, mich mit einem anderen zu sehen, mich zu beobachten, während mich der andere …“, flüsterte sie mir mit aufreizender Stimme zu.

In meinem Kopf explodierten funkelnde Sterne, und ich war völlig außer Kontrolle. In einem Anfall wilder Leidenschaft nahm ich sie, vor meinem geistigen Auge das Bild von ihr und einem anderen Mann! Selten zuvor war ich so extrem wild und leidenschaftlich gewesen.

Als wir uns nach unseren heißen Liebesakt vor dem Fernseher ins Bett kuschelten, lächelte Birgit geheimnisvoll …

Ein paar Tage später besuchte uns abends mein Bruder Michael. Birgit hatte mir inzwischen gestanden, daß er sie auf dem Sportlerball ganz eindeutig angemacht und ihr erzählt hatte, er träume davon, mit ihr zu schlafen. Sie war mit ihm spontan nach draußen verschwunden und hatte ihm im Garten vor der Festhalle eine Kostprobe ihrer erotischen Französischkenntnisse gegeben! Dieses Geständnis hatte mich sofort wieder zu sexuellen Höchstleistungen angespornt, und Birgit genoß meine extreme Gier …

Wie gesagt, kurz darauf besuchte uns Michael, und als ich sah, wie Birgit und er sich zur Begrüßung innig umarmten, begann meine Phantasie wieder mal mit mir durchzugehen. Ich stellte mir vor, wie es wäre, den beiden beim Sex zuzusehen!

Birgit muß meine Gedanken erraten haben, denn sie schlug Michael vor, ihm unser neuestes Video zu zeigen. Dabei lächelte sie mich vielsagend an. Gemeinsam setzten sich die beiden aufs Sofa, während ich mich im Hintergrund hielt. Als Michael begriff, daß es ein Erotik-Video war, grinste er und schätzte die Lage sofort richtig ein.

„Du weißt also von unserer kleinen Oral-Nummer auf dem Sportlerball?" fragte er mich, und ich nickte ihm verständnisvoll zu. Von da an war alles klar: Michael legte Birgit auf den weichen Wohnzimmerteppich, und während im Hintergrund das Hardcore-Video lief, war das Schauspiel, das die beiden mir boten, mindestens genauso erregend! Die beiden schienen sich regelrecht aneinander auszutoben. Ich konnte Birgit dabei erleben, wie sie völlig tabulos die obszönsten Aufforderungen herausschrie. Sie wollte ausdrücklich wie eine „nimmersatte Hure" behandelt und „exzessiv benutzt" werden (genau das waren ihre Worte!). Das ließ sich Michael nicht zweimal sagen …

Und auch ich kam dabei voll auf meine Kosten. Nie zuvor hatte ich etwas so total Geiles gesehen und erlebt! Jede Bewegung der beiden konnte ich hautnah miterleben, jeden Stoß regelrecht mitfühlen. Es gab keine Stelle an Birgits Körper, die sie nicht Michaels und meinen geilen Blicken freigab.

Unsere Session dauerte Stunden, und Birgit war am Ende ganz heiser vom vielen lustvollen Schreien. Völlig erschöpft lag sie zwischen uns beiden Männern und küßte uns abwechselnd. Dann setzte sie sich plötzlich auf, schaute uns beide mit einem strahlenden Lächeln an und sagte: „Gestatten, mein Name ist Lady Nimmersatt!“

Das Geständnis

Ich glaube, es ist besonders dieses Feuchte, Laszive, Obszöne, das mich daran so anmacht. Oder ist es das Weiche, Sanfte, Zärtliche? Ist es der Duft, der von ihnen ausgeht? Oder etwa diese frivole Wildheit, das Animalische – ach, ich weiß nicht, wie ich es beschreiben soll. Wahrscheinlich ist es alles zusammen. Eines ist jedenfalls sicher: Ich liebe es, ich bin geradezu süchtig danach!

Ja, ich gestehe, ich liebe es, wenn sich die beiden vor meinen Augen aneinander erregen, sich fühlen, riechen, schmecken, wenn sie ihre herrlichen, kurvenreichen Körper streicheln, mit den Händen suchend über die zarte Haut fahren, hier und dort stehenbleiben und ein wenig zupfen, reiben und massieren. Wenn sich die Brustwarzen langsam verhärten, die Haut immer heißer und rosiger wird, der Busen anschwillt und sie sich gegenseitig mit ihren forschenden Zungen erkunden.

Irgendwann ist dann immer der Punkt erreicht, wo sie mich gar nicht mehr wahrnehmen, weil sie völlig versunken sind in ihre scharfen Spiele. Sie verhalten sich so, als sei ich überhaupt nicht da, fingern aneinander herum, küssen und lecken, recken und strecken sich und gewähren mir dadurch die geilsten Einblicke in ihre intimsten Körperregionen …

Das Beste aber ist, wenn sie ihre surrenden Helfer mit ins Spiel bringen. Davon haben sie eine große Auswahl, denn die beiden wissen genau, daß sie damit ihre Lust noch vergrößern können. Sie sind offen für alles und probieren gerne Neues aus. Sobald ich sehe, daß eine von ihnen zu der großen erotischen „Schatzkiste“ mit den verschiedenen Dildos und Vibratoren, Kitzelfingern und Klitoris-Reizern in allen erdenklichen Farben, Formen und Größen greift, bin ich schon kurz vorm Höhepunkt. Ich feuere sie lautstark an, und schon allein die Vorstellung, daß sie sich damit gleich gegenseitig bis zur Ekstase verwöhnen werden, läßt mich fast kommen …

Wenn es dann soweit ist und ich es sehe, es zusammen mit meinen beiden Geliebten genieße, als könnte ich es selbst spüren, dauert es meist nur noch wenige Sekunden, bis wir alle drei gemeinsam unseren Orgasmus laut herausschreien.

Doch das ist noch lange nicht alles. Denn danach bin ich immer so aufgeheizt, daß mich gleich die nächste Lustwelle überkommt. Was gibt es Schöneres, als ein gut vorbereitetes Paradies zu erobern? Oft knien sich meine beiden süßen Mädels – eine davon meine Ehefrau, die andere ihre intime Freundin – dann nebeneinander aufs Sofa und präsentieren mir ihre aufregende Rückseite mit den knackigen Hintern, die sie mir weit entgegenstrekken. Ich weiß, was sie wollen, und jetzt kann ich beide abwechselnd genießen. Ich sage Ihnen, so eine „Wechsel-Nummer“ ist absolut himmlisch! Das Schlimme ist nur, daß ich mich dann irgendwann entscheiden muß, bei welcher der beiden Frauen ich diesmal unser scharfes Bettgeflüster beenden will.

Aber glücklicherweise gibt es ja auch noch eine dritte Möglichkeit: Ich ziehe mich im letzten Moment zurück und verteile meine angestaute Lust gleichmäßig auf den prallen Rundungen meiner zwei Geliebten …

Italian Stallion

Ich war den ganzen Nachmittag im Rathaus der Kreisstadt gewesen und hatte mich im Bauamt mit den Anträgen für unsere geplante neue Reithalle herumgeschlagen. Danach hatte ich noch bei Steve, einem Freund, vorbeigeschaut, der für uns die Bauzeichnungen gemacht hatte. Gemeinsam hatten wir bei einem Drink über die Idioten im Bauamt gelästert und waren die Zeichnungen nochmal durchgegangen. Als ich endlich auf dem Vorplatz unseres Pferdegestütes ankam, war es schon dunkel. Die Pferde waren versorgt, und in den Ställen brannte nur noch das sogenannte Nachtlicht.

Ich ging ins Haus, um Stella, meine Frau, zu suchen und ihr von den Schwierigkeiten mit der Baubehörde zu erzählen. Aber dort konnte ich sie nicht finden, und so machte ich mich auf in die Ställe, um dort nachzusehen und einen Blick auf die Pferde zu werfen. Dort würde ich mich auch entspannen und ein wenig abregen können, denn ich liebte die Atmosphäre in den Pferdeställen über alles, besonders abends. Hier lag der würzig-frische Duft von Natur in der Luft, es war warm und schummrig, und das Schnauben und Scharren der Pferde hatte etwas Beruhigendes.

Ich ging an den anderen Tieren vorbei zu „Amigo“, unserem edlen Araber-Zuchthengst, und trat zu ihm in die Box. Er begrüßte mich mit einem freundlichen, aber etwas nervösen Schnauben, und ich bot ihm zur Versöhnung ein paar Leckereien an, die ich immer in der Jackentasche hatte. Dann schnappte ich mir die Pferdebürste, und begann ihn zu striegeln, denn das lenkte mich ab. Langsam schweiften meine Gedanken ab, lösten sich von diesem nervigen Bauantrag und den sturen Beamten, und ich entspannte mich …

Das Wimmern war sehr lustvoll und äußerst erotisch, und es kam vom anderen Ende des Stalles. Zuerst dachte ich, ich hätte mich verhört, aber als ich angestrengt lauschte, hörte ich es nach einer Weile wieder. Es war ganz eindeutig ein Frauenwimmern, nicht leidend, sondern geil und heiß. Jetzt kam noch eine Männerstimme hinzu, dunkel, maskulin und fordernd. Was er sagte, konnte ich allerdings nicht verstehen.

Da trieben es zwei miteinander – das gab's doch wohl gar nicht! Hier, mitten im Stall, wahrscheinlich hinten im Heulager! Zuerst zögerte ich noch, aber dann war meine Neugierde doch zu groß. Ich mußte sehen, wer das war, der es da so hemmungslos miteinander trieb! Ich wollte wissen, welches Paar seiner Geilheit so einfach hier im Pferdestall freien Lauf ließ! Und vor allem mußte ich mir eingestehen, daß mich die Vorstellung, zwei in wildem Sex verschlungene Körper heimlich zu beobachten, sehr reizte!

Ich schlich mich langsam an den Pferdeboxen vorbei nach hinten. Dort brannte nur noch die Nachtbeleuchtung, und so hatte ich gute Chancen, nicht gesehen zu werden. Außerdem waren die beiden offensichtlich sowieso mit anderen Dingen beschäftigt. Bestimmt war es Renalto, unser junger italienischer Pferdepfleger, den ich erst vor zwei Monaten eingestellt hatte. Er war recht groß und vor allem kräftig, hatte dunkle, lange Haare, die er stets mit einem Stirnband zurückhielt, und große, braune Augen, deren intensiver Blick jeder Frau ein Prikkeln über den Körper rieseln ließ. Er war bei uns auf dem Gestüt eingeschlagen „wie eine Bombe“ – zumindest bei der Damenwelt! Schon öfter hatte ich gehört, wie die Frauen und Mädels im Stall von ihm schwärmten, wenn er mit von der harten Arbeit verschwitztem Body vorbeilief oder sogar mit freiem Oberkörper die Strohballen stapelte. Das mußte sie ja kirre machen!

Plötzlich schoß mir durch den Kopf, daß ich durchdrehen würde, falls sich herausstellen sollte, daß es meine 17jährige Tochter Terry war, die er da gerade im Stroh vernaschte. Alles, nur das nicht!

Das Liebespaar war inzwischen so sehr miteinander beschäftigt, daß ich mir eigentlich gar keine Mühe mehr geben mußte, leise zu sein. Immer näher schlich ich mich an die Holzwand heran, hinter der Renalto seine Eroberung offensichtlich gerade kräftig verwöhnte. Bei jeder Bewegung, die er machte, keuchte er laut und lustvoll; sie quittierte seine Bemühungen jeweils mit einem ekstatischen „Jaaaaaaa!“

Die Einsicht, daß mich die Situation maßlos erregte, traf mich, noch bevor ich zum erstenmal hinter die Holzwand ins Strohlager geschaut hatte. Ich geilte mich daran auf, daß es dort zwei Menschen miteinander trieben, genoß ihre Lustschreie und Seufzer. Ich war erstaunt über diese für mich völlig neue Art der Erregung, griff an meine Hose und spürte eine prächtige Erektion. „Du Spanner!“ sagte ich zu mir selbst, und dann schaute ich vorsichtig ins Heulager.

Meine erste Reaktion war Fassungslosigkeit. Was ich dort sah, übertraf alles, was ich erwartet hatte: Wie bereits vermutet, war es war Renalto, der seiner italienischen Wildheit hemmungslos freien Lauf ließ. Aber unter seinen rhythmisch arbeitenden Lenden lag keine der reichen, gelangweilten VIP-Damen, die hier bei uns ihre edlen Pferde untergestellt hatten. Nein. Und es war auch keines der Mädchen, die hier freiwillig Stalldienst machten, um ab und zu mit den Pferden ausreiten zu können. Unter ihm wand sich Stella, meine Frau! Sie trug nur noch ihre Reitstiefel, die mitsamt ihren Beinen weit in die Höhe ragten, und ihr Gesicht war hochrot und völlig verschwitzt vor Anstrengung und absoluter Lust. Sie warf den Kopf wild hin und her, und Renalto spornte sie auf Italienisch an und bewegte sich kraftvoll und sehr leidenschaftlich.

„Ich will dich von hinten spüren, mein italienischer Hengst!" Als ich es hörte, konnte ich kaum glauben, daß es tatsächlich meine Stella war, die diese derben Ferkeleien von sich gab. Aber Fakt war: Es machte mich unheimlich an, sie so zu sehen, und Renalto hatte offensichtlich auch seinen Spaß mit ihr. Er drehte sie herum auf alle viere, und dann ging's im Galopp weiter …

Während ich meine Frau und den „Italian Stallion" bis zum krönenden Finale beobachtete, stieg auch mein Hormonspiegel mehr und mehr, und kurz bevor Renalto lautstark explodierte, kam ich. Dann zog ich mich unauffällig zurück und ging erst einmal ein wenig frische Luft schnappen – die hatte ich jetzt wirklich bitter nötig!

Ich dachte auf meinem Spaziergang viel nach, und es wurde mir an diesem Abend klar, daß es nur zwei vernünftige Möglichkeiten gab, mit der Situation umzugehen: Entweder ich spielte den eifersüchtigen Ehemann, machte einen Riesenaufstand und feuerte Renalto fristlos – oder ich bot ihm einen besseren Vertrag an und beförderte ihn zum Vorarbeiter!

Inzwischen ist unser italienischer Gigolo seit zwei Jahren für uns tätig, und meine Frau und ich sind in jeder Hinsicht sehr zufrieden mit seinen Leistungen …

MEHR, MEHR, MEHR!

Ich ahnte schon lange, daß das etwas lief zwischen meiner Frau Svenja und Freddy, dem Besitzer unserer Stammkneipe. Immer wenn wir uns dort mit Freunden trafen, bemerkte ich die heißen Blicke, mit denen er sie musterte. Er zog sie geradezu aus mit seinen Augen, ganz unverhohlen, und wenn sie bei ihm am Tresen war, flirteten die beiden sehr extrem miteinander. Zugegeben, ich bin auch kein „Kostverächter", wenn's ums Flirten geht; aber ich liebe meine Frau, und es fiel mir nun mal sehr schwer mitanzusehen, wie dieser Typ sie anmachte und wie vertraut er mit ihr umging!

Es war an einem Samstag, und ich war den ganzen Abend auf einem Dart-Turnier gewesen. Ich kam erst gegen Mitternacht nach Hause, und Svenja war noch nicht da. Erst eine halbe Stunde nach mir öffnete sie die Haustür, die Haare ziemlich zerzaust, mit glühendem Gesicht und glücklich lächelnd; befriedigt lächelnd. Das erste, was ich ganz automatisch dachte, war: „Sie haben's miteinander getrieben!"

Svenja kuschelte sich zu mir aufs Sofa und strahlte mich an. Ich konnte nicht anders, ich mußte sie einfach fragen.

„Du warst bei Freddy, stimmt's? Du hast mit ihm geschlafen!" platzte es aus mir heraus.

Svenja lachte herzhaft und setzte sich rittlings auf meinen Schoß. Dann begann sie ihre weiße, fast transparente Bluse aufzuknöpfen und streckte mir ihre süßen Knospen entgegen.

„Schätzchen, was ist denn plötzlich los mit dir? Du bist ja richtig eifersüchtig!“ Während sie das sagte, griff ich automatisch nach ihrem Busen und knetete genießerisch die prallen Hügel.

„Habt ihr's getan? Heute abend, kurz bevor du nach Hause kamst?“ murmelte ich, das Gesicht tief zwischen ihren Brüsten vergraben.

„Und wenn es so wäre, was dann? Würde dich das anmachen?“

Ich spürte, wie mein ohnehin schon stark angeschwollenes Lustlevel einen gewaltigen Schub nach oben bekam; zwischen meinen Beinen pochte es heftig. Auch Svenja spürte das und preßte sich noch fester auf meinen Schoß. Dieses kleine, nimmersatte Biest! Sie wußte ganz genau, das mich dieser Gedanke erregte!

„Ja, vielleicht habe ich's mit Freddy getrieben, vielleicht hat er mich wild genommen, auf dem Tresen, über die Tische gebeugt, auf dem neuen Billardtisch, schön fest ...“

Ich schäumte über vor Erregung! Ich wurde fast verrückt vor Geilheit, riß ihr die Bluse herunter, drehte sie herum, schob ihr den Rock nach oben und war endlich dort angelangt, wo ich sie spüren wollte! Behutsam, aber dennoch fordernd schob ich meine Hand an ihren erhitzten Schenkeln entlang in ihre Mitte, fühlte ihre Lust, spürte, wie bereit sie war. Waren das etwa noch die heißen Nachwirkungen ihrer Sex-Session mit Freddy? Hatte er sie vorbereitet, so daß die Unersättliche jetzt noch mehr wollte? Bei dieser Vorstellung explodierten glitzernde Sterne vor meinen Augen, und ich riß mir die Hose hinunter, um endlich ...

Am Ziel meiner Lust war es glühend heiß, weich und wohlig; geschmeidig schloß sie sich um mich, schmiegte sich an mich, massierte mich immer weiter hinauf in den Ekstasehimmel, bis ich schließlich mit einem lauten Schrei explodierte. Als ich wenig später wieder einigermaßen klar denken konnte, spürte ich, daß auch Svenjas orgasmische Wellen langsam abebbten.

„Soso, du gehörst also zu denen, die gerne zusehen. Wußte gar nicht, daß du eine voyeuristische Ader hast. Aber das finde ich gut, denn ich habe eine exhibitionistische Ader, ich zeige mich gerne! Das paßt doch hervorragend, oder? Hättest du Lust, uns mal dabei zuzusehen? Das würde auch mich total anmachen! Freddy muß ja nichts davon wissen“, fragte Svenja mich, als wir später kuschelnd zusammen im Bett lagen. Ohne lange zu zögern, stimmte ich zu.

Am nächsten Freitag abend war es soweit. Svenja hatte Freddy für neun Uhr zu uns nach Hause bestellt und ihm gesagt, ich würde nicht da sein. Sie saß im Schlafzimmer und machte sich zurecht: Ein schwarzes, supersexy wirkendes Negligé, durchsichtig und vorne unter dem Busen geschnürt, so daß die beiden Hügel hochgedrückt wurden; die dunklen Brustwarzen schimmerten hindurch. Dazu hochhackige Schuhe und ein Nichts von einem Tangaslip, dessen schwarzer Spitzenstring ihre knackigen Pohälften teilte – zum Anbeißen! Als ich kurz darauf die Haustür hinter mir zuzog, um ein wenig spazierenzugehen, spürte ich etwas Pochendes, Steinhartes zwischen meinen Beinen …

Ich sah es schon von weitem: Das Licht in unserem Schlafzimmer war gedimmt, die Vorhänge zugezogen.

Freddys Wagen parkte um die Ecke. Leise schloß ich die Haustür auf und schlich mit klopfendem Herzen nach oben. Wie verabredet hatte Svenja die Schlafzimmertür einen Spaltbreit offengelassen. Ich stand im dunklen Flur und konnte genau auf unser breites Bett sehen. Die Szene verschlug mir den Atem:

Freddy kniete mit dem Rücken zu mir vor meiner Frau, hatte ihre Beine mit beiden Händen gespreizt und den Kopf zwischen ihre Schenkel gebeugt. Svenja lag auf dem Rücken, die Arme weit zur Seite ausgestreckt, die Hände in die Kissen gekrallt, und stöhnte laut und unkontrolliert. Ihr kraftvoller Lover spornte sie zwischen seinen offensichtlich sehr gekonnten „Zungen-Attacken" mit geilen Worten an:

„Ja, das brauchst du, was? Ist das gut so, soll ich's dir machen?"

Svenja wimmerte laut und lustvoll ...

Nachdem sie ihren ersten Orgasmus hinausgeschrien hatte, legte Freddy erst richtig los. Er zog sie hoch, drehte sie herum und ließ sie vor dem Bett niederknien, den Oberkörper daraufgelegt. Ich konnte Svenjas schöne, pralle Pobacken sehen. Dann kniete er sich hinter sie und begann mit einem Ritt, der erst eine gute Stunde später enden sollte. Dazwischen lag eine Zeit grenzenloser Ekstase, die auch mich als heimlichen Zuschauer voll erfaßte. Als Freddy und Svenja endlich erschöpft voneinander abließen, verzog ich mich unbemerkt ins Nebenzimmer. Kurz darauf hörte ich, wie Freddy die Haustür hinter sich schloß.

Svenja rief mich mit verführerischer Stimme, und sofort ging ich ins Schlafzimmer. Die Luft war angefüllt mit dem schweren, süßlich-herben Geruch von Geilheit. Spätestens als ich Svenja dort wieder auf dem Bett liegen sah, mit wildem Blick, zitternden Schenkeln und die dampfende Haut von einem leichten Schweißfilm überzogen, dazu dieser würzige Duft, spätestens da erwachte meine Lust erneut. Lasziv spreizte sie die Beine, bot mir die aufregendsten Einblicke und sagte dabei:

„Es hat mich so unglaublich angemacht, zu wissen, daß du in der Tür stehst und uns dabei zusiehst! Komm, ich will dich jetzt spüren, ich brauche das jetzt, ich will mehr, mehr, mehr…"

Der besondere Kick

Ich bin der Typ von Mann, der im allgemeinen mit den Worten „imposanter, erfolgreicher Businessman" beschrieben wird. Ich bin 52 Jahre alt, groß, recht gutaussehend, habe graue Schläfen, eine gute Figur und genügend Geld, um das Leben in vollen Zügen genießen zu können. Immer schon habe ich mich von Frauen rund um den Globus faszinieren lassen. Egal wo ich geschäftlich oder privat unterwegs war, Frauen gehörten dazu! Einem Abenteuer gegenüber war ich nie abgeneigt. Zu einer längeren Beziehung oder gar Ehe hat es allerdings nie gereicht.

Im vergangenen April hatte ich ein geschäftliches Meeting in New York und war im Hotel „Regency" abgestiegen. Ich sah sie am Empfangstresen stehen, als ich mit einigen Geschäftsfreuden aus dem Hotelrestaurant kam, und ihr makelloser Körper fesselte mich vom ersten Augenblick an. Ich konnte meinen Blick einfach nicht von ihrem runden Hintern losreißen, der sich in dem engen, dunkelroten Kostümrock so wunderbar abzeichnete. Ich mußte diese Frau von vorne sehen!

Als ich mich frech neben sie an den Tresen gedrängelt hatte und so tat, als wollte ich das Personal nach einer Nachricht für mich fragen, schaute ich sie an, roch ihr betörendes Parfüm und nickte ihr freundlich zu. Dabei erhaschte ich einen kurzen Blick auf ihren Busen, dessen schöner Ansatz vorne unter der engen Kostümjacke zu sehen war. Außerdem lugte dort ein winzig kleines Stück ihres edlen, seidigen BHs hervor, der den gleichen Ton wie ihr Kostüm hatte. Hmmmmm, herrlich! Das war eine Frau, die das Leben genoß und die wußte, was sie wollte!

Sie hatte strahlend blaue Augen, und ihre vollen Lippen waren perfekt rot geschminkt. Ihr Haar war dunkelblond und fiel ihr in langen, weichen Strähnen auf die Schultern. Wir schauten uns kurz an, und ich glaubte in ihren Augen so etwas wie Belustigung zu entdecken. Hatte sie etwa gesehen, daß ich die Gelegenheit genutzt hatte, um ihr ins Dekolleté zu schauen? Noch bevor ich etwas zu meiner Entschuldigung sagen konnte, schmiß sie mit einer selbstbewußten Geste die Haare nach hinten und war in Richtung Fahrstuhl verschwunden. Ein junger Mann vom Servicepersonal des Hotels begleitete sie nach oben.

Als ich die schöne Unbekannte abends in der Hotelbar auf die Tanzfläche führte und beim Tanzen meinen Arm um ihre Taille legte, wurde mir klar: Ich wollte diese Frau! Sie hatte etwas so Faszinierendes an sich, daß ich an nichts anderes mehr denken konnte!

Ihr Name war Jenna; sie war 40 Jahre alt und seit zwei Jahren verwitwet. Nach dem Tod ihres Mannes hatte sie den Platz an der Spitze seines Unternehmens übernommen und war mehr und mehr zur knallharten, selbstbewußten Geschäftsfrau geworden. Diese irre Kombination aus Erotik und Weiblichkeit und im Gegensatz dazu Geschäftssinn und Sachlichkeit übte eine enorme erotische Anziehungskraft auf mich aus! Jenna machte mich geil! Hinzu kam ihre einzigartige Schönheit. Sie wirkte äußerlich wie Anfang 30, strahlte jedoch das sinnliche Wissen einer reifen Frau aus. Das spürte ich jetzt, als sie beim Tanzen ihren Unterkörper ganz leicht an mein Bekken preßte und mir tief in die Augen sah!

Später gingen wir nach draußen auf die Hotelterrasse und genossen den Blick über das nächtliche New York. Ein junger Kellner – übrigens der gleiche, der sie mittags im Lift nach oben begleitet hatte – kam vorbei, um uns einen Drink anzubieten. Ich sah, wie er vor ihr stand und mit leuchtenden Augen Jennas fraulichen Körper in dem engen schwarzen Abendkleid musterte. Leise sagte sie etwas zu ihm, nahm sich ein Glas Champagner vom Tablett, und bevor er wieder verschwand, nickte er ihr kaum merklich zu; Jenna lächelte geheimnisvoll.

„Sie sollten sich darüber beschweren, daß Ihnen der junge Mann so unverhohlen auf den zweifellos sehr schönen Busen gestarrt hat. Das ist doch kein Benehmen, und schon gar nicht in einem Hotel wie diesem!" sagte ich. Jenna ging einen Schritt auf mich zu, schaute mich an und sagte dann mit sehr ruhiger, rauchig-provozierender Stimme:

„Erstens: Du hast mir doch vorhin bei unserem ersten Treffen genauso lüstern ins Dekolleté gestarrt. Und zweitens: Warum sollte ich mich darüber beschweren? Ich genieße es ja! Schließlich freut sich der junge Kellner darauf, mich restlos befriedigen zu dürfen."

Ich war sprachlos. Diese Frau war wirklich einzigartig! Lächelnd fuhr sie fort:

„Ich steige öfter in diesem Hotel ab, wenn ich in New York bin, und er sorgt dann dafür, daß es mir auch wirklich an nichts fehlt – an gar nichts! Das ist echter Service, denn wenn ich jetzt gleich auf mein Zimmer gehe, erwartet er mich dort schon. Willst du mitkommen? Glaub mir, es wird dir gefallen! Und außerdem kann ich gut zwei von euch vertragen: einen jungen, wilden und einen reifen, erfahrenen!“

Im nächsten Moment küßten wir uns, und ich hatte das Gefühl, ich hatte noch nie eine Frau so sehr begehrt. Ich weiß nicht mehr, wie wir es geschafft haben, auf ihr Zimmer zu kommen, ohne daß ich schon vorher über Jenna hergefallen bin. Als wir aber endlich dort ankamen und die Tür öffneten, lag der junge Kellner bereits nackt auf dem Bett. Seine Vorfreude war nicht zu übersehen!

Sie stellte mich ihm kurz vor und sagte ihm, daß ich dabei sein würde, um zuzusehen und mitzumachen. Er nickte mir freundlich zu. Dann legte sie sich zu ihm und ließ sich verwöhnen.

Was für ein Anblick! Jennas wunderschöner, reifer, praller, vor Lust zitternder Körper unter diesem jungen Mann, der seine jugendliche Wildheit an ihr auslebte. Keuchend schaute ich den beiden zu. Niemals zuvor hatte ich als Voyeur anderen beim Sex zugesehen, und erst jetzt wußte ich, was ich verpaßt hatte! Es war absolut einmalig, geilte mich total auf, so daß ich mich kaum noch beherrschen konnte. Als sie schließlich die Stellung wechselte und auf ihm ritt, dauerte es nicht lange, bis er kam.

Enttäuscht ließ sich Jenna von ihm heruntergleiten, schaute mich aus funkelnden Augen an und sagte:

„Das war nur zum Warmmachen. Jetzt bin ich bereit für eine ausdauernde Nummer, die mir nur ein erfahrener Mann bieten kann. Komm!“

Das ließ ich mir jetzt nicht zweimal sagen, und während sich unser junger Freund etwas erholte, gab ich Jenna das, was sie jetzt am meisten brauchte: die totale Befriedigung!

Danach, sozusagen zum Ausklang, war mein junger Mitspieler wieder an der Reihe, dem Jenna diesmal ihre Zungenfertigkeit bewies. Gleichzeitig bediente ich sie von hinten …

Inzwischen ist Jenna meine Frau, ich arbeite in ihrem Unternehmen, und immer wenn wir geschäftlich zusammen unterwegs sind, gönnen wir uns das hocherotische Vergnügen, uns einen der jugendlichen Kellner zum Vernaschen auszuwählen. Ich sehe immer noch so gerne zu, wenn sie sich von den jungen, wilden Hengsten nehmen läßt. Das gibt unserer Ehe den besonderen Kick! Schließlich war das Jennas einzige Voraussetzung, um einzuwilligen, als ich ihr vor einem halben Jahr den Antrag machte!

Ein reizvolles Spiel

Fürs Zusehen und Beobachtetwerden beim Sex konnte ich mich schon immer begeistern. Bereits seit Jahren lebe ich diese heiße Spielart aktiv aus, wobei mir die Rolle als derjenige, der beobachtet wird, am besten gefällt. Es erhöht für mich das Prickeln, spornt mich an, gibt mir den entscheidenden Lust-Kick, der die Sache noch geiler macht. Ich weiß noch genau, wann ich dieses irre Gefühl zum erstenmal erlebte …

Es war 1983 in Frankreich. Als damals gerade 18jähriger verdiente ich mir in den Sommerferien ein gutes Taschengeld dazu, indem ich ein paar Wochen lang als Caddy auf einem großen Golfplatz an der Cote d'Azur jobbte. Das Golfspielen hatte ich von meinem französischen Vater gelernt, durch den ich auch die Sprache gut beherrschte. Er hatte mir den gutbezahlten Ferienjob dort vermittelt. Wir waren mehrere junge Caddies und Golflehrer, die alle zusammen für die paar Wochen, die wir dort arbeiteten, in einem großen Wohnhaus untergebracht waren. Man kann sich sicher vorstellen, daß wir viel Spaß zusammen hatten!

Die reichen, vor allem amerikanischen Gäste des noblen Golfclubs waren begeistert von den vielen jungen, gutaussehenden Mitarbeitern; vor allem die mondänen Damen, die abends in Monaco das Geld ihrer Ehemänner am Roulettetisch verspielten, konnten sich gar nicht sattsehen an unseren sonnengebräunten Bodies in den kurzen Hosen und strahlend weißen Shirts. Da gab es immer ein besonders gutes Trinkgeld!

Ich war an diesem Morgen einem schwerreichen kalifornischen Ehepaar, Claudia und Jack Loyd, als Betreuer zugewiesen worden, das sich in unserem Country Club beim Golfen vergnügen wollte. Er war ein attraktiver, guterhaltener Mittfünfziger, während sie allerhöchstens Ende Dreißig sein konnte. Super Figur, blonde lange Haare, blaue Augen und strahlend weiße Zähne. Ihre langen, makellosen Beine und ihr atemberaubender Hintern steckten in einer knallengen Caprihose; dazu trug sie eine dünne, weiße, vorne zusammengeknotete Bluse, die ihren Prachtbusen bestens zur Geltung brachte. Ob der wirklich echt war? Wohl jeder, der sie sah, stellte sich automatisch diese Frage. Kaum hatte die Frau das Clubgelände betreten, war die Männerwelt in Aufruhr, und es wurden unter uns Caddies sogar schon Wetten darüber abgeschlossen, ob sie wohl wirklich ein Natur-Busenwunder war, oder ob wir hier das Werk eines Schönheitschirurgen sahen ...

Daß ausgerechnet ich die beiden betreuen durfte, war wirklich ein echter Glücksfall. Sie erwiesen sich als supernett und luden mich, als es gegen Mittag auf dem Platz zu heiß wurde, zu einem Imbiß ins Clubrestaurant ein. Schon während des Golfens dürfte es dem Amerikaner aufgefallen sein, daß ich die Augen nicht von dem aufreizenden Körper seiner Frau lassen konnte. Kein Wunder, so wie sie beim Abschlag den knackigen Po hinausstreckte und sich zwischendurch die Bluse noch ein Stück weiter öffnete, um sich dort etwas Luft zuzufächeln. Ich mußte teilweise ganz schön schlucken, um mich überhaupt wieder auf meine Arbeit konzentrieren zu können. Das grenzte ja an Folter! Allerdings mußte ich zugeben, daß es eine angenehme Art der Folter war – erotische Folter!

Beim Essen wurde es dann noch schlimmer: Sie lächelte mich immer wieder verführerisch an und begann mit mir zu flirten!

„Hast du eigentlich eine feste Freundin, Louis, oder willst du dir erstmal hier und da die Hörner abstoßen?“ fragte sie mich. Dabei legte sie unter dem Tisch eine Hand auf meinen Oberschenkel und massierte langsam in Richtung Mitte! Ich war total perplex, verwirrt, sprachlos und vor allem – geil! Als sie mir dann auch noch lächelnd zuflüsterte, daß sie totalrasiert sei, damit man ihre buschigen Schamhaare nicht durch den dünnen Stoff der Caprihose hindurch sehen konnte, war ich kurz vor einer Ohnmacht!

Jack saß die ganze Zeit ruhig daneben und grinste mich an. Genüßlich lehnte er sich in seinem Stuhl zurück und beobachtete Claudias eindeutige Angebote und meine Reaktion darauf.

„Du möchtest doch sicher wissen, ob der tolle Busen meiner Frau echt ist, oder?“ fragte er mich. Dann standen die beiden grinsend auf, verabschiedeten sich von mir, und bevor sie endgültig gingen, sagte Jack:

„Wir hinterlegen vorne am Tresen einen Umschlag für dich, Louis; das Angebot, das darin enthalten ist, solltest du dir nicht entgehen lassen!“

Als ich mich wieder einigermaßen runtergefahren hatte und die Beule in meiner Hose nicht mehr ganz so groß war, ging ich sofort nach vorne zum Empfangstresen des Clubs und ließ mir den weißen Umschlag geben. Er enthielt ein sehr fürstliches Trinkgeld zusammen mit einer Hoteladresse in Monte Carlo und einer eindeutigen Einladung zu einer heißen Nacht mit Claudia! Gegen 21 Uhr würde mich ihre schwarze Limousine vor dem Club abholen ...

Ich weiß gar nicht, wie ich die Stunden bis dahin überlebt habe, aber irgendwann saß ich dann endlich in dem Wagen und war auf dem Weg zu meinem ersten „Dreier"! Schon allein meine heißen Phantasien machten mich verrückt vor Geilheit, denn ich wußte ja, ich würde mit dieser Frau schlafen dürfen – einmal, zweimal, vielleicht sogar so oft ich konnte! Aber wo würde Jack währenddessen sein? Würden wir es zusammen tun? Was erwartete mich wohl in dieser Nacht? Ich war mir sicher, es würde etwas unvergeßlich Geiles sein! Ungeduldig glitt meine Hand zwischen meine Beine, und ich war kurz davor, mir dort auf dem Rücksitz der Limousine die erste Erleichterung zu verschaffen!

Jack und Claudia Loyd hatten eine Suite gemietet. Der Raum war in schummriges Kerzenlicht getaucht, es spielte leise Musik, und sie lag auf dem Bett, in einen edlen roten Seidenkimono gehüllt, aus dem ihr massiger Busen oben hervorquoll. Ich war aufgeregt, unsicher und schüchtern, doch sie wußte, was zu tun war! Claudia zog mich zu sich in die seidigen Laken und knöpfte mir mein Hemd auf, während sie mir erzählte, wie superheiß sie auf mich war. Sie hätte sich schon nachmittags mit ihrem Vibrator vergnügen müssen, um das Warten auf ihren „young, beautiful boy" überhaupt auszuhalten! Dann öffnete sie meine leichte Sommerhose und schob langsam ihre Hand hinein. Als sie spürte, wie erregt ich bereits war, rief sie entzückt:

„Uhhhh, Jack, du solltest sehen, was ich hier in der Hand habe! Das fühlt sich wirklich gut an, groß und kraftvoll! Ganz sicher wird es mich ganz ausfüllen …“

Jack, hatte sie Jack gesagt? Das war doch ihr Mann! In diesem Moment sah ich ihn; er saß in einer der hinteren, dunklen Ecken des Zimmers in einem Sessel, ein halbvolles Whiskyglas in der Hand, und beobachtete uns.

„Come on, Boy, mach ruhig weiter, ich will sehen, wie du sie nimmst!“ hörte ich ihn sagen. „Laß dich an ihr aus, das braucht sie!“ Ganz deutlich erkannte ich die Erregung in seiner Stimme. Dann war ich auch schon unter ihr, spürte sie, roch ihren Duft, schmeckte sie …

Ich weiß nicht mehr, wie viele Höhepunkte ich in dieser Nacht erlebte. Ich weiß nur, daß es mich unheimlich anturnte, Jack als geilen Zuschauer zu haben. Claudia zeigte mir Stellungen, von denen ich bisher noch nicht das geringste gehört oder gesehen hatte, sie lehrte mich erotische Dinge, die ich mir bis dahin nicht einmal in meinen wildesten Träumen vorzustellen gewagt hatte. Es gab für sie sexuell scheinbar nichts, was sie nicht wollte, brauchte, genießen konnte. Hatte sie gerade noch in orgasmischen Zuckungen ihre Lust herausgeschrien, dauerte es nicht lange, bis sie wieder bereit und hungrig war, in einer anderen Stellung auf noch bizarrere Art und Weise genommen zu werden …

Voller Stolz, diese leidenschaftliche Frau durch und durch befriedigt zu haben, verließ ich nach Stunden das Hotel – um 2000 Dollar und viele nützliche Erfahrungen reicher! Und vor allem wußte ich jetzt: Ihr Busen war echt!

Zeig ihm, was du hast!

Über diese ganzen Diskussionen rund ums Thema Brustvergrößerung kann ich nur lachen, denn ich habe es wirklich gut: Schließlich hat meine Frau Meike einen Busen, von dem andere busenbegeisterte Männer wirklich nur träumen können! Sie ist ein echtes Prachtstück, hat Körbchengröße 75 D, und selbst die ist ihr teilweise zu klein! Ich bin ein echter Busen-Fetischist und kann gar nicht genug bekommen von ihren üppigen Formen, die ich reizvoll verpackt genau so gerne mag wie „freischwebend"! Auch Meike selbst ist begeistert von ihren großen Brüsten und ist noch nie auf die Idee gekommen, sie sich verkleinern zu lassen. Sie genießt genau wie ich die bewundernden Blicke anderer Männer, die ihr lustvoll auf den Busen starren. Schließlich versteht sie es, ihn auf sehr geschickte Weise ins rechte Licht zu rücken: enge Pullover, transparente Blusen, tiefe Dekolletés, Push-up-BHs …

Als ich vorletzten Freitag von der Arbeit nach Hause kam, merkte ich sofort, daß etwas mit ihr nicht in Ordnung war. Sie wirkte irgendwie verstört und sehr nachdenklich. Es dauerte eine ganze Weile, bis ich sie endlich soweit hatte, daß sie mir erzählte, was passiert war. Sie hatte nachmittags ihre Freundin Sabine anrufen wollen, sich dabei aber offensichtlich verwählt. Am anderen Ende der Leitung hatte sich ein fremder Mann gemeldet, und Meike hatte sich freundlich für die Störung entschuldigt. Aus heiterem Himmel hatte sie dieser Typ dann gefragt, ob sie einen großen Busen habe.

„'Na komm, sag's mir, hast du große Brüste? Spielt dein Mann gerne mit deinen riesigen Dingern?' hat er mich gefragt", erzählte mir Meike und setzte hinzu: „Und das Schlimmste ist, daß ich nicht gleich aufgelegt hab', ich konnte einfach nicht. Dieser Typ, seine dunkle Stimme, die geilen Worte, die er da sagte – das alles hat mich wahnsinnig angemacht!"

Dann gestand sie mir, daß sie sich hinterher, als sie endlich den Hörer auf die Gabel geschmissen hatte, erst einmal ausgiebig selbstbefriedigen mußte. Sie sei so scharf gewesen, daß sie einfach „übergekocht" sei vor Lust ...

Das Ganze war ihr jetzt im nachhinein etwas peinlich, aber Meike war schon immer sehr ehrlich zu mir gewesen, und wenn es etwas gab, das sie sexuell erregte, dann erzählte sie es mir ganz offen. Sie glaubt an Signale aus dem Unterbewußtsein, und einmal hatte sie mir zum Beispiel von einem Traum erzählt, in dem sie einen Pornofilm gesehen hatte. Nach ihrem „Geständnis" waren wir gleich am nächsten Tag in einen Erotik-Shop gegangen und hatten uns ein Porno-Video gekauft. Es wurde ein sehr geiler Abend für uns beide ...

„Das ist doch alles nicht so schlimm, im Gegenteil, sieh es doch mal so: Dieser komische Typ am anderen Ende der Leitung hat dir einen sehr heißen Nachmittag beschert. Auch wenn er es nicht genau wissen konnte, daß du obenrum tatsächlich sehr gut ausgerüstet bist, war es wieder mal dein Riesenbusen, der dir zu einem sexuellen Höhenflug verholfen hat. Das ist doch wirklich herrlich!" lautete meine spontane Reaktion auf Meikes Erlebnisbericht.

„Ja, aber das Fatale ist, es ist in letzter Zeit öfter vorgekommen, daß ich andere Männer bewußt erregt habe mit meinen dicken …"

Meike senkte den Kopf und wurde ein wenig rot. Ich zog sie auf meinen Schoß, denn nun mußte ich mehr darüber erfahren!

„Was hast du getan, erzähl es mir!" bat ich sie, und schon in diesem Moment ahnte ich, daß mich ihr heißes Geheimnis extrem aufgeilen würde! Leise begann sie zu erzählen:

„Zum Beispiel vorgestern, als morgens der Stromableser da war, da hatte ich noch meinen Kimono an. Ich konnte sehen, daß er mir auf die Brüste starrte, und als er sich kurz umdrehte, um den Zähler abzulesen, da hab' ich den Ausschnitt einfach ganz spontan so weit aufgemacht, daß die richtig hier vorne heraushingen!" Während Meike mir das erzählte, öffnete sie ihre Bluse und schob den BH ein Stück nach unten, so daß ihr Busen auch jetzt immer weiter daraus hervorquoll. Dann fuhr sie lachend fort:

„Als der Typ das sah, hatte er sofort einen total geilen Blick drauf, und er war vollkommen verwirrt. Der hat sich bestimmt erstmal im Treppenhaus selbst …"

Meike fing an, ihre großen, braunen Brustspitzen zu massieren, und ich hörte ihr erregt zu und war gespannt, was sie mir noch alles beichten würde!

„Oder letztens, als der Hausmeister bei uns den kaputten Wasserhahn auswechseln wollte. Der starrt mich sowieso im Treppenhaus immer so lüstern an, deshalb wußte ich, daß er scharf auf mich ist. Ich hab' mir extra den kurzen Rock und meine transparente Bluse angezogen; darunter sah man genau den edlen schwarzen Spitzen-BH, und der Hausmeister hatte ganz offensichtlich große Mühe, den Werkzeugkasten möglichst immer so vor sich zu halten, daß ich seine wachsende Geilheit nicht sehen konnte. Er leckte sich immer wieder über die Lippen, und seine Augen klebten förmlich an meinem sehr üppigen Vorbau. Ich fand's total geil und hab' das Spiel sehr genossen! Es kribbelte ganz doll zwischen meinen Beinen, als er immer wieder direkt auf meine Brüste schaute, und ich stellte mir vor, wie es wäre, wenn er mich ..."

Meike war jetzt kaum noch zu bremsen. Inzwischen hatte ich den Part des Masseurs übernommen und zwirbelte ihre erregten Brustwarzen. Sie saß immer noch auf meinem Schoß und konnte jetzt ganz genau fühlen, daß sie nicht die einzige war, die durch diese scharfen Geschichten sexuell hochgefahren wurde! Während ich schließlich wenige Augenblicke später lustvoll in sie eindrang, sah ich in meiner Phantasie den Hausmeister vor mir, der sie mit seinem ganz privaten „Werkzeug" bearbeitete!

Nach dieser äußerst scharfen Wochenend-Einstimmung sagte ich Meike, daß mich ihre Erzählungen total angemacht hatten.

„Das war für mich unschwer zu merken, so wie du mich..." Das Ende des Satzes ließ sie im unklaren und grinste erstmal nur. Dann lautete ihr Fazit: „Aber mich hat's ja genauso erregt – das sollten wir also öfter spielen, dieses Spiel vom 'andere-Männer-mit-meinem-großen-Busen-aufgeilen-während-du-zusiehst'!"

Wie konnte ich dazu nein sagen?

Es war ein paar Tage später beim Stadtbummel in einem Kaufhaus. Während ich mir in der Fotoabteilung die neuesten Videokameras erläutern ließ, verzog sich Meike nach oben in die Damenwäscheabteilung. Ich versprach ihr, sie dort in einer Viertelstunde abzuholen. Nachdem ich mich ausführlich über die aktuellsten Technik-Trends informiert hatte, fuhr ich mit der Rolltreppe nach oben.

In der Wäscheabteilung angekommen, blickte ich mich suchend um. Hier und dort standen einzelne Frauen oder Paare an Wäscheständern und Tischen. Auch der eine oder andere Solo-Herr war zu sehen, der offensichtlich ein schönes Dessous für Frau oder Freundin suchte. Ich ging langsam in Richtung Umkleidekabinen, und dann sah ich sie: Meike stand in einer der hinteren Kabinen vor dem Spiegel, den knackigen Body in eine atemberaubende Kombination aus anthrazitfarbener Spitze gezwängt. Um die Hüfte trug sie einen passenden Strapsgurt, an dem sie ihre zarten Seidenstrümpfe befestigt hatte! Man konnte sie nur deshalb von draußen sehen, weil sie den Vorhang ihrer Kabine nicht richtig zugezogen hatte; ein Spalt von bestimmt 50 Zentimetern Breite erlaubte beste Sicht.

Schräg vor Meikes Kabine wartete ein Mann, dessen Begleiterin offensichtlich gerade Bademode anprobierte. Draußen an ihrer Kabine hingen diverse Badeanzüge. Der fremde Mann allerdings war viel weniger damit beschäftigt, seiner Frau zuzuhören, die ihm durch den Vorhang hindurch etwas erzählte, sondern starrte auf Meike. Sie stand seelenruhig vor dem Spiegel, mit dem Rücken zu ihm, und streichelte sich die prallen Kugeln durch den Stoff des edlen Spitzen-BHs hindurch. Von der Seite aus konnte ich genau sehen, daß der Fremde eine immense Beule in der Hose hatte! Er hatte den Kopf zu ihr gedreht und beobachtete sie lüstern.

Ich war in einigem Abstand zu den beiden stehengeblieben und beobachtete fasziniert diese Szene. Automatisch murmelte ich vor mich hin:

„Ja, zeig diesem Spanner, was du hast! Mach ihn scharf, er soll davon träumen, es mit dir zu tun!“

Als hätte sie mein geiles Flehen gehört, ging Meike nun ganz leicht in die Knie, schob eine Hand über ihren Bauch nach unten und rückte den Slip ein Stück zur Seite. Zwei ihrer Finger verschwanden zwischen den zarten Schenkeln, und dem geilen Beobachter fiel regelrecht die Kinnlade herunter. Ich spürte genau, er konnte den Blick einfach nicht von meiner Frau abwenden – denn er war heiß auf sie! Dieses kleine Biest, dieses Aas, sie wußte bestimmt ganz genau, daß ich sie dabei erwischen mußte! Sie hatte das Ganze bewußt inszeniert, um sich an der Lust des Fremden zu erregen und auch mich aufzugeilen! Na warte, wenn die mir in die Finger kam, der würde ich's zeigen …

Durch die Taschen meines Trenchcoats faßte ich dorthin, wo sich in Windeseile das gesamte Blut meines Körpers gesammelt zu haben schien. Meike konnte sich auf etwas gefaßt machen, denn meine Erregung war immens! Er war unglaublich reizvoll zu sehen, wie dieser geile Bock meine Frau anstarrte, sich von ihr scharfmachen ließ, ihren Körper mit seinen Blicken verschlang, sich wahrscheinlich gerade in seiner Phantasie ausmalte, wie er sie nahm …

Bei diesem Gedanken konnte ich mich einfach nicht mehr zurückhalten! Ich stürmte an dem verdutzten Typen vorbei in den Kabinenbereich, riß Meikes Vorhang kurz ein Stück zurück, schlüpfte schnell zu ihr hinein und sorgte dafür, daß uns keine neugierigen Blicke mehr sehen konnten. Dann zog ich Meike in meine Arme und küßte sie wild und leidenschaftlich.

„Du kleines, verdorbenes Miststück, was machst du nur mit mir!" keuchte ich, als wir uns wieder voneinander lösten. Neben uns hörten wir die Frau des fremden Mannes mit schriller Stimme zetern:

„Nicht gucken, Bernhard, du wartest schön brav da draußen, ja?"

Meike und ich prusteten los, und dann nahm ich ihre Hand, legte sie zwischen meine Beine und zeigte ihr damit, daß wir schleunigst nach Hause mußten! Denn sie hatte mit ihrem verdorbenen Spielchen dafür gesorgt, daß ich am liebsten gleich dort in der Kabine über sie hergefallen wäre – egal ob mit oder ohne Zuschauer! Was für ein herrlich aufregendes Spiel sie sich da für uns ausgedacht hatte!

Verrückt nach diesem Blick!

Elena stand am Fenster und schaute hinaus in den Regen. Ihre Hände zitterten, sie konnte sich auf nichts konzentrieren und lief immer wieder unruhig in der Wohnung umher. Draußen war es schon fast dunkel, und der Nebel hatte die Welt in ein mystisches Licht getaucht. Immer wieder schaute sie auf die Uhr. Es war fast zehn. Wann würde Mario endlich anrufen? Oder würde er einfach vorbeikommen und sie überraschen? Dieser faszinierende Mistkerl! Er wußte doch ganz genau, daß sie auf ihn wartete! Daß sie es nicht erwarten konnte, ihn endlich zu spüren – seine geilen Blicke zu sehen …

Die faszinierenden Dinge, mit denen er sie in den vergangenen drei Monaten, die sie nun zusammen waren, sexuell berauschte, hatten ihr gesamtes Leben völlig durcheinandergebracht. Elena kam sich vor, als wäre sie vorher ein kleines, unerfahrenes Mädchen gewesen, und nun hatte er sie zur Frau gemacht, hatte ihr eine Welt der Lust gezeigt, von der sie nicht genug bekommen konnte. Es war wie eine Sucht, und wenn sie an Mario und seine erotischen Einfälle dachte, prickelte es sofort in ihrem Unterleib.

Wie sollte sie bloß die Stunden überstehen, bis er endlich nach Hause kam? Völlig in Gedanken versunken griff sie nach einem Buch, warf es aber gleich danach wieder achtlos in die Ecke. Elena zündete sich eine Zigarette an und grinste: Er wußte es genau, er wußte, daß sie sich unbändig auf dieses heiße Spiel freute – daß sie geil darauf war!

Sie machte das Licht aus und legte sich ihre Lieblings-CD ein: Café del Mar, romantische Klänge zum Träumen. Dann rückte sie ihren gemütlichen, großen Sessel vors Fenster und versuchte, ein wenig ruhiger zu werden. Nur noch die Glut ihrer Zigarette leuchtete von Zeit zu Zeit auf; ansonsten war es ganz dunkel. Ihre Zigarette knisterte leise bei jedem Zug.

Langsam beruhigte sich ihre Anspannung ein wenig, und sie konnte wieder etwas klarer denken. Was war es nur, das sie so wahnsinnig an diesen Mann fesselte? Woher kam dieses unbeschreiblich erregende Prickeln am ganzen Körper, das ihr fast den Verstand raubte, wenn sie nur seine Stimme hörte? War das normal? Ganz sicher nicht. Aber sie mußte zugeben: Sie liebte es, liebte diese ganze verrückte Beziehung! Sie wollte ohne Marios geile Ideen nicht mehr sein!

Wann würde er endlich kommen? Besser gesagt: Wann würden SIE endlich kommen? Ihre erregende Nervosität steigerte sich sofort wieder, als sie an das dachte, was ihr an diesem Abend bevorstand! Als sie an das letzte Mal dachte, raubten ihr diese heißen Gedanken den Atem vor Lust …

Es war das erste Mal gewesen, daß sie es mit einem Fremden getan hatte – vor Marios Augen! Und es hatte sie maßlos erregt. Sie hatte nackt auf diesem Mann gesessen und sich vollkommen gehenlassen; sie hatte sich hemmungslos von ihm nehmen lassen – in den frivolsten Posen! Das ganze Spiel hatte so tabulose und lustvolle Seiten an Elena geweckt, die sie zuvor selbst noch nicht gekannt hatte. Aber der faszinierendste Moment war für sie gewesen, als sie im Augenblick höchster Ekstase Mario angeschaut hatte, der auf einem Stuhl neben dem Bett saß und sie und ihren fremden Lover beobachtete: Was sie dort in seinen Augen sah, ließ in ihrem Kopf und in ihrem Unterleib eine „Bombe“ explodieren, und sie erlebte einen Kette von Orgasmen, die ihr fast den Verstand raubten. Die voyeuristische Geilheit in seinem Blick war unbeschreiblich und ließ sie endlos kommen! Das war das Erregendste, was Elena jemals erlebt hatte – und sie wollte mehr davon!

Auch jetzt, wenn sie nur daran dachte, daß sie auch heute abend wieder zu dritt sein würden und daß sie Mario mit einem anderen Mann aufgeilen würde, klopfte ihr Herz wieder wie wild, und die Vorfreude prickelte zwischen ihren Schenkeln! Sie wollte ihn wieder in seinen Augen sehen, diesen unendlich lustvollen Blick, und dann würde auch sie davonfliegen!

Elena hörte, wie der Schlüssel sich langsam im Türschloß drehte. Endlich war es soweit, sie waren da …